RAYMOND ROUSSEL

La Doublure

ROMAN

FAC ET SPEPA

PARIS

ALPHONSE LEMERRE, ÉDITEUR

23-31, PASSAGE CHOISEUL, 23-31

M DCCC XCVII

La Doublure

RAYMOND ROUSSEL

La Doublure

ROMAN

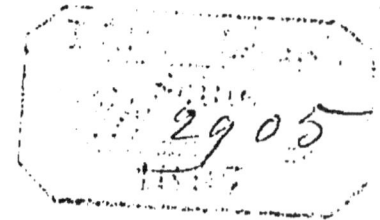

PARIS

ALPHONSE LEMERRE, ÉDITEUR

23-31, PASSAGE CHOISEUL, 23-31

M DCCC XCVII

AVIS

Ce livre étant un roman, il doit se commencer à la première page et se finir à la dernière.

L'Auteur.

La Doublure

—

I

Le décor renaissance est une grande salle
Au château du vieux comte. Une portière sale
Sert d'entrée. Un vieillard, en beaux habits de deuil
Et l'air grave, est assis sur le bord d'un fauteuil
A dossier haut. Il met sa main sur une table

Auprès de lui, disant :

> « C'est là le véritable
>
> Moyen; quoi qu'il en soit, je ferai jusqu'au bout
>
> Mon devoir; vous pouvez vous retirer. »

Debout,

A trois pas de la rampe, en écuyer, l'épée
Nue en main, de profil, la poitrine drapée
Dans un grand manteau brun, une jambe en dehors,
Gaspard est immobile. Il réplique :

> « Pour lors,
>
> Monseigneur, si tels sont vos vœux, il ne me reste
>
> Qu'à remettre l'épée au fourreau. »

D'un grand geste

Exagéré, levant sa main gantée en l'air,
Il abaisse la lame en lançant un éclair,
Puis cherche à la rentrer; mais il remue et tremble,

Ses mains ne peuvent pas faire toucher ensemble,
La pointe, avec le haut du fourreau noir en cuir,
Qui tournent tous les deux en paraissant se fuir.
Gaspard, très rouge avec sa fraise qui l'engonce,
Rage et devient nerveux. Une fois il enfonce
La pointe à faux, voulant quand même aller trop fort,
Et la pique à côté de l'ouverture, au bord
En cuivre du fourreau. Le moment semble immense ;
Dans la salle, partout attentive, on commence
A chuchoter et puis à rire ; plusieurs fois
Gaspard repique au bord. Tout en haut une voix
Crie :

« Il est donc bouché ton fourreau ? »

Ça redouble,
Et devant ce gros rire augmentant qui le trouble,
Gaspard exaspéré, sans forces, se retient
De tout abandonner pour sortir. Il parvient
Juste, à trouver enfin l'orifice ; bien vite

Il enfonce le fer entier. Mais on profite
De la chose, au public, pour faire de nouveau
Du bruit. On applaudit; les cris « bis » et « bravo »
Se mêlent aux coups sourds des cannes. L'avanie
Énorme qu'on lui fait, et toute l'ironie
Qu'il sent dans ce succès, atterrent Gaspard. Tant
Que le tumulte dure, impassible il attend,
Les bras croisés. L'épée à son flanc se balance,
Miroitant par endroits.

         Enfin quand le silence
Après assez longtemps se rétablit partout,
Le vieux comte, resté calme, se met debout;
Et Gaspard, dénouant ses bras avec emphase,
Commence, en reprenant assurance, une phrase
Entortillée et longue, affirmant que jamais
Personne ne saura le sombre secret. Mais
Avant de terminer sa tirade il s'embrouille,
Et sur plusieurs serments successifs qu'il bredouille,
Parlant de son honneur, de son nom, et du sort

Qui l'attend au prochain lever du jour, il sort
Par la portière, avec tout un nouveau tapage
D'ironiques rappels.

        Grande, une femme en page,
Dans un costume tout en velours noir et bleu,
Qui sans être ajusté, dessine encore un peu
Sa taille longue, est près d'entrer; la plume blanche
De son chapeau frissonne. Un poing sur une hanche,
Elle maintient, chacun par sa laisse, deux grands
Lévriers; derrière elle, un tas de figurants
Causent très bas; l'un d'eux tripote sa cuirasse
Qui, pour lui, semble trop étroite et l'embarrasse.
Gaspard, sans s'arrêter, tourne; là-bas au fond,
Deux escaliers de bois très courts, tout usés, font
Les deux pendants; il va vite à celui de droite,
Et trouvant la largeur des marches trop étroite,
Il les monte dès les premières deux par deux.
Les figurants font un cliquetis autour d'eux;
Un gros rouge étudie un grand geste de haine

Du bras droit; à travers le décor, sur la scène,
On entend le vieillard qui parle, encore seul,
Jurant « par le tombeau de son illustre aïeul
Le duc Louis, le grand batailleur, dont il porte
Le nom très glorieux et fameux ».

                             Une porte
Est là sur un palier, massive, tout en fer;
Gaspard, en arrivant au bout du nombre impair
Des marches, va dessus et du bras il la pousse;
Puis pour passer il la maintient avec son pouce,
Et sort en la cognant du pied sans le vouloir.
Là, presque tout de suite, à gauche d'un couloir
Au fond duquel on voit le cadran d'une horloge,
Il se trouve devant la porte de la loge
Numéro vingt. Il entre et referme très fort
Avec rage; la clé, de l'autre côté, sort
De la serrure, tombe en résonnant, puis saute
Avant de se poser tout à fait. Gaspard ôte
Vite, en tirant les doigts nerveusement, ses gants

Gris, terminés par deux grands poignets élégants;
Puis avec ses doigts nus, il enlève sa fraise
Qui le gêne. Et tombant alors sur une chaise
Capitonnée, et d'où sort un peu de coton
Par une déchirure, il saisit son menton,
Le coude sur la cuisse, et murmure à voix basse,
Le regard angoissé tout perdu dans l'espace,
Dirigé fixement en bas, vers le milieu
De la porte : « Mon Dieu... mon Dieu... mon Dieu... mon Dieu...
L'esprit, dans une crise aiguë, en proie au doute.

*
*   *

La loge est encombrée et petite; elle est toute
En longueur; à main gauche en entrant, un côté
Long, est plein de pendoirs; un pantalon crotté
Pendant au premier, a, sauf une seule patte,

Ses bretelles en place; on voit une cravate;

Une chemise au col traversé d'un bouton

De nacre, cache presque en entier un veston.

En face, à l'autre mur, une longue tablette,

Pleine de fards divers et d'objets de toilette,

Est en désordre; auprès du couvercle d'un pot

De pommade, un flacon d'huile montre un dépôt

Jaunâtre, plus foncé que le reste. Une coupe

En gros verre, a beaucoup de poudre qu'une houppe

Surmonte. Des ciseaux aux tranchants écartés

Sont couverts de reflets cassés et de clartés;

Le dessus d'un des deux tranchants forme une lime

Étroite, avec son bord; un peu de rouille abîme

Une des pointes dont l'acier n'est plus ardent.

Un peigne est moitié gros, moitié fin; une dent

Manque du côté fin. Sur le mur une glace

Assez grande, a dans un de ses coins une place

Plus claire, qui paraît une tache en dessous;

Une lettre avec un timbre bleu de trois sous

Est enfoncée un peu sous le bois qui la serre

Fort, en cachant son coin d'en bas, contre le verre;
D'une grosse écriture elle est adressée à
Monsieur Gaspard Lenoir, au Théâtre de la
République, Paris. Le coin de l'enveloppe,
En haut, a le portrait d'un hôtel de l'Europe;
Deux endroits sur les toits compliqués sont ôtés,
Déchirés en ouvrant. Au mur des deux côtés
De la glace sont deux bec de gaz; sous la flamme,
Sur un blanc de faïence on lit une réclame
Qu'on voit partout; le bec de gauche fait plus clair
Que l'autre, dont la clef n'est pas très droite; en l'air,
Une haleine du gaz, transparente, s'élève
Du verre, en faisant faire une frisure brève
Au mur qui paraîtrait, lui, trembloter. Plus loin
Une tablette très petite prend le coin
Près de la porte; auprès d'une épaisse cuvette,
Toute propre et pliée en long, une serviette
Dépasse de très peu le bord; un savon vert,
Dans une savonnière, est encore couvert
De mousse desséchée; en arrière une éponge

Est à même le bois.

        Gaspard toujours se ronge,
Dans tout l'ébranlement du doute qu'il ressent.
A la fin, il se lève avec force, en poussant,
Après avoir enflé sa poitrine, un immense
Soupir; il tire fort son manteau, puis commence
A se déshabiller avec mauvaise humeur
Et hâte d'en finir.

*
* *

        Là-bas une rumeur
Arrivant du côté de la scène, pareille
A des bravos confus, lui fait prêter l'oreille.
C'est la pièce qui vient de finir. Plusieurs fois
On rappelle un acteur; ensuite un bruit de voix
S'approche, et la clameur devient soudain plus forte;

Au moment où l'on pousse, avec un coup, la porte
En fer de l'escalier plein de monde; ce sont
Les figurants sortant de scène, qui s'en vont
Avec leur cliquetis. Le deuxième qui passe
S'arrête quelque temps à la porte et ramasse,
Faisant un bruit de fer continuel, la clé;
Il s'approche d'un pas; après avoir raclé
Du bout pointu le bord de l'ouverture, il pousse
La clé dedans. Un autre, en passant plus loin, tousse
Deux ou trois fois, et lance avec bruit un crachat.
Un autre imite un long miaulement de chat,
Puis fait claquer ses doigts en disant: « Viens donc! » comme
S'il appelait le gros noir d'en bas qui se nomme
Moustapha, mais que tous appellent plus Noiraud,
Et qu'on rencontre assez souvent, marchant en haut.
Un pas marche tout près, et la porte est cognée
D'un choc sec et vibrant, comme par la poignée
D'une épée; à la fin la lourde porte bat,
Et tous les figurants dans leur bruit de combat,
Pareil au cliquetis sans règle d'une troupe

Débandée au repos, s'éloignent.

                              Mais un groupe
Nouveau, de cinq ou six seulement, en retard,
Causant et se cognant de tous les côtés, part
Encore par la porte. Ils marchent pour rejoindre
Les autres. Sans penser, Gaspard comprend le moindre
De leurs détours au fond du couloir familier
Pour lui. Tous les premiers, déjà, dans l'escalier
De bois, craquant sans cesse, et menant à l'étage
Qui leur est réservé, se perdent davantage.

                              *
                            *   *

Gaspard a déjà mis, chacun sur son pendoir,
Son large manteau brun et le pourpoint tout noir
Qu'il avait, sans changer, tout au long de la pièce;

Le reste est pêle-mêle, en tas, sur une espèce
De fauteuil long et clair; et surmontant le tout,
Son chapeau, dont la boucle en acier se découd.
Ses bottes noires sont près du mur, côte à côte;
L'une est un peu moins raide; elle se tient moins haute.

Il remet ses souliers; il est en pantalon,
En gilet de flanelle; un blanchâtre galon,
Tout recroquevillé, finit ses courtes manches
Sur le haut de ses bras. Pendantes sur ses hanches,
Ses bretelles, sans plis, se montrent à l'envers;
Ses souliers, qu'il finit de mettre, sont couverts,
Surtout sur le rebord des semelles, de boue;
La poitrine penchée et les bras longs, il noue
Le cordon du deuxième. Ensuite, se levant,
Il prend la chaise en main, et la pose devant
La glace; en s'asseyant, un instant il accroche
Les bretelles au coin du dossier. Il rapproche
Avec vivacité, de deux coups promps et secs
Qui font plonger un peu la flamme, les deux becs.

Et levant ses deux mains qu'il met près de sa nuque,
En entraînant sa barbe il ôte sa perruque
Blonde, qu'il pose là, sur un court champignon.
Cela fait ressortir son air sombre et grognon;
Il est brun; sa coiffure en brosse qui moutonne
Sur le haut de la tête et rase en bas, lui donne
Tout de suite, par sa régularité, l'air
Plus mâle et moins paré que le blond frisé clair
D'auparavant. Rasé complètement, il semble
Trente ans.

      Mais, regardant un des deux feux qui tremble
Moins haut que l'autre, avec un doigt il le remet,
En recouchant la clé très doite, à son sommet,
Sans que du reste dans la loge il y paraisse
Beaucoup. Puis enfonçant son index dans la graisse
D'un pot, il se l'étale, afin d'ôter le fard
De sa figure; mais tout le temps il lui part
Quelque soupir ou bien un haussement d'épaule
Muets.

* * *

Depuis un mois, il double dans ce rôle
Important, d'écuyer près du vieux comte veuf,
Dans la pièce à très long succès de Charles Neuf,
Litert, le créateur, pas assez gentilhomme,
Selon lui, dans le geste et les allures. Comme
Toujours, il s'était mis à l'avance au travail
Avec ardeur, cherchant jusqu'au moindre détail
Chaque intonation de voix et chaque pose,
En tâchant de donner au dialogue en prose,
L'enflure et la rondeur emphatique des vers.
Puis il avait joué, tout à fait à l'envers
De Litert, espérant soulever un délire
De bravos, par endroits, et croyant déjà lire
Aux Théâtres, dans tous les journaux, que Lenoir

S'était vu révéler dans l'acte du manoir.
Mais, une fois de plus, toutes ses espérances
Avaient, le soir venu, fait place à des souffrances
De déboire; tous les grands passages d'éclat
Sur lesquels il comptait étaient tombés à plat.
Pourtant sa foi n'était quand même pas partie;
Et chaque soir, malgré toute l'antipathie
Obstinée, et le froid malveillant qu'il sentait
Dans ce public pourtant indulgent, il s'était
Repris d'espoir, enflant la parole et le geste
Pour forcer le succès, toujours en vain du reste.
Mais jamais il n'avait reçu comme ce soir
Un tel affront.

*
* *

Avec le coin d'un vieux mouchoir
Fendu dans sa longueur presque entière, il s'essuie

Pour la dernière fois. De son doigt il appuie
Assez fort sur la peau, pour en laisser le moins
Possible; déjà gras aussi, les autres coins
Du mouchoir sont tachés de son fard.

                                  Il achève
Le tour de sa figure, et, reculant, se lève
Pour aller se laver à la cuvette, sans
Avoir quitté son air toujours soucieux. Dans
La cuvette elle-même, un pot de porcelaine
Est court; il verse, et quand elle est à moitié pleine,
Avec un clapotis il met le pot en bas,
Sous la tablette, auprès du mur, ne trouvant pas
De place en haut; il prend ensuite son éponge,
Et de sa main aux doigts écartés, il la plonge;
Puis se baisse et se lave aussi vite qu'il peut.
En finissant, il tient sa figure, d'où pleut
Tout un ruissellement, par-dessus la cuvette,
Et, de deux doigts, prenant par un coin la serviette,
Il la secoue, afin de la déplier, fort,

Par saccades; le bout qu'il tient, ainsi, se tord
Un peu; de ses deux doigts, pour le poids, il la presse
Solidement, ayant peu de prise. Il se dresse
A présent, et commence à s'essuyer avec
Les deux mains, en cherchant parfois un endroit sec
Quand la place devient mouillée et trop ancienne;
Il est assez bien fait, d'une taille moyenne,
Et beaucoup de largeur d'épaules, plutôt grand.
Il remet la serviette à sa place, puis prend
En fouillant après un pendoir, dont il s'approche,
Une montre à la chaîne épaisse, dans la poche
Entre-bâillée au poids qui tire, d'un gilet
Tout pareil au veston; voyant l'heure qu'il est,
Il s'apprête à finir de se rhabiller vite,
Car ce soir, vers minuit, Roberte, qui profite
De l'absence de Paul en voyage aujourd'hui,
Doit venir le rejoindre en cachette chez lui,
Où, dit-elle, elle croit se sentir disparue
Pour toujours, dans sa chambre étroite de la rue
Alibert.

*
* *

C'est un an avant, l'hiver dernier,
Qu'un soir elle l'a vu faire un palefrenier,
Doublant aussi Litert, dans un grand mélodrame,
Où son faux témoignage entortillait la trame.
La pièce en huit tableaux avait fait quelque bruit,
Et par hasard, pendant un temps, avait conduit
Un peu de public mieux parmi la multitude
Très grossière, qui seule encombre d'habitude
Les places bon marché de ce théâtre-ci.
Litert était tombé malade, et c'est ainsi
Que Roberte de Blou, dans la pénombre noire
Qui la cachait pour lui, d'une étroite baignoire
Avait du premier coup ressenti quelque élan
Vers lui, puis combiné, lentement, tout un plan.
Dès sa première entrée, elle s'était de suite
Sentie avec ardeur, attirée et séduite

Par sa figure, à l'air vil, hypocrite et bas,

Et la précaution timide de son pas,

Quand, au commencement, à l'improviste, en mise

Du matin, pantalon simplement et chemise,

En chaussons, comme ayant laissé sur le pavé

De la cour, ses sabots, il était arrivé

Dans la chambre du crime, et semblant correspondre

Avec l'autre valet, s'était mis à répondre

De son air doucereux et faux de scélérat,

Aux questions du gros et calme magistrat,

Pour le mettre, en mentant, sur une piste fausse.

Dans le cours de la pièce, ensuite, toute grosse

De complications, sous des aspects divers

Il s'échappait toujours. Puis enfin découverts

Tous les deux, lui, l'auteur du crime, et sa complice,

Par les ruses sans fin de l'agent de police

Qui les savait les vrais assassins du vieillard,

Attablés dans un noir bouge, où « café-billard »

Se lisait à l'envers, tout au fond, à l'entrée,

Sur un treillis faisant une porte vitrée,
Laissant voir des maisons peintes comme horizon,
Ils étaient emmenés, après lutte, en prison.

Roberte, en le voyant en rôdeur de barrières
Dire, en ricanant, des paroles ordurières
Avec des airs voyous, sans cesse avait senti
En elle s'aviver un amour perverti,
Que n'avaient fait qu'accroître et le crime et la fange.

A peine quelques jours après, par un échange
De lettres, augmenté par un premier refus
De lui, tout méfiant d'abord, ils s'étaient vus.

Et depuis ce temps-là leur amour est le même;
Lui, tout de suite épris de ses grands yeux noirs, l'aime
Pour son visage mat, fin, pour le joli bruit
Que fait son rire aux dents blanches, qui l'a séduit,
Le charme gracieux et la délicatesse
De son corps à la peau blanche, la petitesse

De ses mains, pour la force aussi de son parfum.

Parfois quelque bijou nouveau donné par l'un

Ou par l'autre, une bague énorme ou quelque broche

Qu'il ne lui connaît pas, font, sans qu'il lui reproche

Jamais rien, la douleur d'un de ses rendez-vous,

En excitant en lui des haines de jaloux

Qu'il n'aurait pas osé lui dire, et qu'il redoute.

Il aurait tant voulu l'avoir pour lui seul, toute

A lui, mais il sent bien qu'il n'a guère le droit

D'exiger rien, que c'est lui-même qui lui doit

Tout. Souvent, lorsqu'elle est plus libre, elle préfère

Au luxe surchargé partout, à l'atmosphère

Chaude, au clinquant doré de son appartement

Où l'on peut être, aussi, surpris à tout moment,

Les murs et le parquet froids de sa chambre nue

Où depuis quelque temps elle n'est pas venue.

Mais pour se rattraper, disait-elle aujourd'hui

Dans un mot en papier parfumé qu'elle lui

Écrivait, elle s'en faisait toute une fête

De revenir ce soir!

Gaspard met sur sa tête,
L'enfonçant par le bord ensuite, un chapeau mou.
Son paletot lui vient au-dessus du genou,
Râpé quoique plucheux, et sentant l'économe.
Puis il prend une canne en bois brun, dont la pomme
A rayures faisant une courbe, en argent,
Est toute cabossée. Après, se dirigeant
Vers la porte, il regarde un peu, voir s'il ne laisse
Rien traîner; il revient vers les deux gaz qu'il baisse
Beaucoup, jusqu'au moment où le feu devient vert.
Puis il sort et s'éloigne en laissant grand ouvert.

II

Rue Alibert, au fond de la chambre, la porte
Dont la patère en cuivre, à deux branches, supporte
Le manteau de Gaspard, est fermée au loquet.
Faisant se hérisser des ombres au parquet,
Sur le bord d'une table, une seule bougie
Donne un tremblottement à sa flamme élargie
D'en haut. Du papier bleu plissé dans le flambeau
La cale. Plein de clairs reflets, un lavabo
Est adossé devant la porte condamnée
De la chambre voisine. Ornant la cheminée,

Une pendule dont on voit le balancier
Est arrêtée ; un homme est en train de scier
Un tronc d'arbre dessus ; le sujet est en bronze
Doré ; fixes, les deux aiguilles au chiffre onze,
L'une sur l'autre, font très peu d'angle ; un seul trou
A droite du cadran, assez en bas, par où
L'on introduit la clé pour remonter, est sombre ;
Le bout de fer carré, seul, luit un peu dans l'ombre ;
Au milieu le nom d'un horloger ne se lit
Que de tout près, très fin.

       Prenant un coin, un lit
Sans rideaux, dont aucune étoffe ne recouvre
Les barreaux et les pieds de fer peint en rouge, ouvre
Diagonalement ses draps déjà tout prêts.
En mince étoffe à fleurs, se rejoignant de près,
Les rideaux mal fermés, là-bas, de la fenêtre,
Laissent un intervalle étroit, par où pénètre,
Mettant sur les carreaux un filet de clarté
Qui va s'élargissant, en bas, plus écarté,

La lumière de la bougie ; elle s'apaise
A présent.

       Près de la table, sur une chaise,
Le visage plus calme et gai qu'à son départ,
Tenant sur ses genoux sa Roberte, Gaspard
Sourit. Mince dans sa robe en dentelle noire,
Qu'égayent la ceinture et le col haut, en moire
Rouge, elle est ravissante ; et ses cheveux d'un blond
Clair, ondulés partout d'une grande vague, ont
Par endroits les reflets cuivre de la teinture.
Une épingle, à la tête en perle, à sa ceinture
Miroite ; le profil régulier de ses traits
Est fin ; sous des sourcils longs, ses yeux noirs sont très
Expressifs et changeants, parfois plus ou moins sombres.
A la flamme tremblant de nouveau, leurs deux ombres
Frémissent sur le mur en atteignant le bord
Du plafond.

*
* *

Quand il est arrivé, tout d'abord
Après une première et fiévreuse embrassade,
Gaspard avait repris son air sombre et maussade;
Et ne pouvant dans sa douleur se contenir,
Il avait raconté tout; et le souvenir
Des effets qu'il avait forcés, toujours avide
De succès, tous tombés encore dans le vide,
N'avait fait qu'augmenter sa honte et son dégoût.
Ces bravos de la fin, et ces rires surtout
Qu'il entendait encore, au passage tragique
De sa sortie, alors que d'un geste énergique
Il essayait d'entrer au fourreau, mais en vain,
La lame qui bougeait, ces rires de la fin
Avivaient sa colère et rallumaient sa rage.

Roberte avait voulu lui redonner courage
En le complimentant, pour lui rendre l'orgueil
De son talent, parlant, demain, d'un autre accueil
Du public... Puis l'idée alors d'un coup de tête
L'avait prise soudain; elle se disait prête
A partir tout de suite en voyage avec lui,
Tous les deux seuls, pour fuir du même coup l'ennui
De cet hiver qui bat son plein, si triste et sombre
Avec ces jours entiers passés dans la pénombre,
Et ce temps gris, tantôt glacial, tantôt mou;
Ils s'en iraient là-bas, au Midi, n'importe où!

Songeur sur le moment, lui presque tout de suite
S'était fait à l'idée extrême d'une fuite
Soudaine, sans rien faire, en laissant tout en plant,
Le théâtre et la pièce avec; et contemplant
Roberte, il s'était vu réaliser son rêve
De l'avoir à lui, toute, au lieu de l'heure brève
Qu'ils ont même parfois tant de peine à pouvoir
Combiner tous les deux ensemble, pour se voir.

Et maintenant c'était affaire décidée.
Ils allaient s'échapper sans rien dire. L'idée
De ce brusque départ l'avait ragaillardi ;
Ils iraient se chauffer au soleil du Midi,
Sur la côte ; chez elle, elle avait une somme
Qu'elle reviendrait prendre ! en étant économe,
On pourrait voyager assez longtemps ainsi
Tous les deux, librement, quand il aurait aussi
Pris, dans divers endroits, tout l'argent qui lui reste
Des sommes qu'il a pu tirer de son modeste
Gain, depuis très longtemps qu'il en met de côté.

*
* *

Tout en parlant il a très doucement ôté
De son col, en mettant ses deux mains, une broche
En croissant, un cadeau de lui ; puis il l'approche

De la flamme, pour voir, à son éclat, l'effet

Des pierres aux couleurs sombres; puis il défait,

Sur l'épaule de la robe, des boutonnières

Faites rien que d'un gros fil; après les dernières,

Sa main en descendant recommence plus bas

Sur le côté de son corsage, sous son bras

Qu'elle lève en riant, complaisante et docile,

Voulant lui rendre la besogne plus facile;

Il déboutonne avec ses deux mains, et quand tout

Le côté de la taille est défait jusqu'au bout,

Il cherche par derrière, en tâtonnant, l'attache

Du col, qu'on ne voit pas sous le chou qui la cache;

L'agrafe semble avoir un écart trop étroit,

Et pendant un instant il reste maladroit

Pour la faire partir; de près il dévisage

Roberte en souriant. Le devant du corsage

Tombe alors de travers en entraînant avec

Tout le col, que Gaspard enfin a d'un coup sec

Ouvert, forçant afin que l'agrafe s'en aille;

Dessous on voit comme un double corsage en faille

Avec un rang serré de boutons au milieu,
Comme un cache-corset tout noir dont il tient lieu.
Roberte met ses mains en haut pour le défaire;
Mais Gaspard, les ôtant tout doucement, préfère
Le déboutonner, lui; pendant qu'il est en haut,
Elle s'y met aussi par en bas, et bientôt
Lorsque les deux côtés sont ouverts sur le ventre,
Leurs mains, en remuant, se rejoignent au centre
Toujours fermé du rang de boutons, dont il vient
Pendant ce temps d'ouvrir le haut; c'est lui qui tient
A défaire les trois derniers boutons; il ouvre
Alors les deux côtés tout à fait, et découvre
Ainsi, le satin bleu de ciel de son corset;
Puis il écarte sa chemise qu'un lacet
Étroit, bleu, formant un grand nœud au milieu, fronce;
Ensuite dans l'espace entr'ouvert il enfonce
Sa figure, pour la baiser entre les seins;
Sur sa poitrine à la peau blanche des dessins
Compliqués sont formés d'un côté par des veines;
Son corset par devant a ses agrafes pleines

De reflets sur leur cuivre étincelant, plat ; lui
Reste ainsi quelque temps immobile, enfoui
Dans la chemise au même endroit ; puis il varie
La place, et maintenant par toute une série
De baisers caressants, il monte vers son cou ;
Il arrive, et choisit à droite une place où
De nouveau très longtemps, immobile, il s'arrête
En la serrant toujours plus fort ; elle se prête,
Heureuse, à ses désirs muets qu'elle comprend
D'instinct, obéissant à son bras en cambrant
Son corps sous son étreinte ; à présent il la couche
Sur lui, se renversant sur sa chaise ; sa bouche
Se tend en avant vers la sienne, comme pour
L'attirer, puis s'y colle ; elle alors à son tour
Lui rendant son baiser, de ses deux bras l'enlace
Les deux yeux à moitié fermés, et toute lasse,
En se laissant aller sur lui de tout son poids.
Le dossier de la chaise a craqué plusieurs fois.

III

A Nice, cette après-midi, dans l'avenue
De la Gare, une foule énorme et biscornue
Fête le dernier jour qu'on ait de carnaval :
C'est le mardi-gras même. Un soleil estival
Égaye tout l'aspect remuant de la foule
En costumes voyants ; sur les trottoirs on foule
A chaque pas qu'on fait, un peu des confettis
Qu'on lance constamment, et qui tout aplatis
Sous les semelles font une poudre de plâtre,
Qui couvre les souliers d'une couche blanchâtre.

Sur la chaussée, aussi très grouillante, des chars
Se succédant parfois à de trop courts écarts,
Laissent se mélanger ensemble leurs musiques.
Sur les masques en fils de fer fins, des physiques
Cachant complètement le visage, sont peints ;
Tous sont pareils d'un teint rose cru, tous empreints
De la même laideur ridicule, impassible,
Avec de froids regards, d'un sérieux risible.

*
* *

Là, Gaspard et Roberte, au sein du mouvement,
Se guettant pour ne pas se perdre, lentement,
Sur le trottoir de gauche en allant vers la place
Masséna, vont parmi l'immense populace
Que, toute costumée, on ne distingue pas
Du reste, si ce n'est en observant en bas

Les pieds, dont la chaussure est plus ou moins grossière.

Gaspard a dans la main, couverte de poussière

Blanche, une large pelle arrondie en fer-blanc.

Gonflé de confettis, son sac lui pèse au flanc,

Pendant en bandoulière après son épaule. Elle

A, pour projeter ses confettis, une pelle

Plus légère, avec un flexible manche en bois;

Quand elle veut lancer, retenant de deux doigts

Le haut de l'armature en fer-blanc, elle tâche

De viser aussi bien que possible, puis lâche

Du bout de ses deux doigts tout crispés le sommet

De l'armature; et son pouce qui comprimait

A l'autre main le manche en sens opposé, lance

Ainsi les confettis, sans grande violence

Du reste. Elle n'a qu'un domino blanc, uni

Avec un capuchon dont le bord est garni

Ainsi que le pourtour, ouvert sur la poitrine

Et rejoint sur le cou, bordant sa pèlerine,

De jaune. Une ceinture, en la même couleur

Jaune peu foncé, pince avec des plis l'ampleur

De l'étoffe grossière et dure sur la taille.
Son sac, depuis qu'elle est en plein dans la bataille,
Ne s'est à peu près pas encore dégrossi.

Gaspard a le pierrot banal, tout blanc aussi,
Blouse et gros pantalon, de la forme commune
Pour tout le carnaval à peu près, avec une
Collerette très large, en un tulle ayant l'air
Raide et dur à la fois, du même jaune clair,
Assorti tout à fait à celui de Roberte,
De ton; il a la tête entièrement couverte,
Les oreilles aussi, d'un bonnet phrygien
En lainage tout rouge, et qui ne laisse rien
Passer, que la figure; un feutre blanc, de forme
Pointue, orné de trois boutons de taille énorme,
En carton, recouverts de jaune aussi, cousus
Devant, en ligne droite, est posé par-dessus
Le bonnet phrygien. Il a, de même qu'elle,
Un masque métallique en grille, par laquelle,
A l'inverse de tous les autres, sans avoir

De peinture qui rende opaque, l'on peut voir
Leurs figures pour les reconnaître au passage;
Les deux masques n'ont pas même de faux visage
Moulé, tout simplement bombés. Elle, pour mieux
Se garantir du plâtre, en dessous, sur les yeux,
A mis un voile bleu, fin, encore plus trouble,
Car elle l'a plié, par précaution, double,
Et qui lui va du front jusqu'au milieu du nez.

*
* *

Depuis une quinzaine ils se sont démenés
Avec ce carnaval, voulant aller à toutes
Les fêtes. Chaque soir, c'étaient soit des redoutes,

3

Soit des bals composés rien que de deux couleurs.
Ils ont aussi pris part aux batailles de fleurs,
Par un beau temps. Ayant cru bien faire, pour l'une
D'abord, ils avaient pris des places de tribune;
Mais ils étaient restés trop debout, tout au fond,
Pour lancer leurs bouquets jusqu'aux voitures, dont
Les séparait devant, en pente, trop de monde.
Aussi se souvenant de ça, pour la seconde,
Avec un grand panier de fleurs, ils avaient pris
Une victoria, dont le grand cheval gris
Très clair partout, avait la croupe toute blanche.
Pour la première fois avant-hier dimanche
On avait craint, pour la fête des confettis,
Un mauvais temps. Pourtant ils s'était repentis
De n'y pas être allés; pas une seule goutte
N'avait plu malgré les gros nuages, de toute
L'après-midi. Du reste en voyant aujourd'hui
Que tout noircissement du ciel s'était enfui
Pendant la nuit, avec un grand vent de tempête,
Ils ont voulu remplir ce dernier jour de fête,

Et s'en aller à pied, tous les deux, prendre part
Complètement à la bataille.

*
* *

La plupart
Des hommes sont dans des pierrots de même forme
Que celui de Gaspard, mais avec une énorme
Variété dans les couleurs ; beaucoup aussi
Ont de longs dominos à capuchon, ainsi
Que ceux des femmes.

Là, tout à coup un gros homme
Recouvert jusqu'aux pieds d'un domino vert-pomme,
Ayant tout de travers entre son capuchon
Un masque peint, avec, comme faite au bouchon

Et retroussée en crocs épais, une moustache
Ridicule, et des yeux bleus tout ternes, s'attache
En lui parlant de près, derrière, à gauche, aux pas
De Roberte impassible, et qui n'écoute pas
Les bêtises et les farces qu'il lui débite,
Sous l'air très sérieux du masque, en parlant vite
Avec un ton aigu qui déguise sa voix;
Il s'obstine à rester, sans répondre aux renvois
De Gaspard lui lançant sa pelle toute pleine
Juste dans la figure; il se détourne à peine,
Continuant toujours du même ton pointu
Un tas d'insanités, disant maintenant : « tu »
A Roberte qui rit en éloignant la tête;
Puis faisant un salut brusque, il s'éloigne en quête
De quelque autre personne à relancer.

                              Là-bas,
Marchant joyeusement en se donnant le bras
Avec des masques peints toujours pareils, un groupe
De pierrots arrivant chante. Le premier coupe

La foule de ses bras durs d'homme corpulent;
Il écarte les gens vite, en les bousculant,
Sans que jamais d'ailleurs personne ne se fâche
A cette gaîté. Mais soudain le dernier lâche
La bande, restant là; son compagnon surpris
Le suit de son regard pour voir ce qui l'a pris
De rester de la sorte en arrière sans cause.
L'autre se baisse, il prend d'une main quelque chose
Par terre; en revenant, comme pour rire, il court
Les genoux raides, pas pliés, d'un pas très lourd
Et gauche; en rejoignant le groupe, il se ressoude
Avec l'avant-dernier qui lui tendait son coude
En marchant; il lui fait regarder ce qu'il tient
A la main.

Mais, sur la chaussée, à présent, vient
Lentement un grand char. Un mannequin grotesque
De figure avec un nez rouge, gigantesque
De taille, représente, assis, un rémouleur.
Un habit à grand col en linge, de couleur

Brune, culotte courte et bas clairs, le déguise
En ancien artisan. Attentif il aiguise
Des énormes ciseaux en carton, avec soin,
Imitant mal l'éclat du fer, même de loin,
Malgré leurs reflets peints; son corps plié se penche
Vers l'énorme établi, sous lequel une planche
S'abaisse et se relève actionnant son pied
Sur elle; l'escabeau sur lequel il s'assied
Est lui-même élevé déjà de plusieurs mètres,
Atteignant à peu près jusqu'au bas des fenêtres
Pleines, pour la plupart, de monde, d'entresol.
Devant, un des deux coins immenses de son col
Est cassé. Mais voilà qu'il s'arrête de faire
Aller son pied de bas en haut; la grande paire
De ciseaux vient d'avoir ainsi que tout son bras
Une secousse; c'est, tout près, un embarras
Mouvant de cavalcade; un groupe d'hommes peste
Devant le char; assez longtemps ainsi l'on reste
Immobile; ça met par derrière en retard
Des mascarades qui se tassent. L'on repart

Enfin, en remettant en ordre l'anicroche;
Le pied du rémouleur recommence; il s'approche
Et l'on voit maintenant beaucoup plus en détail
Sa figure et sa main en carton, au travail;
Il reste un centimètre à peu près comme espace
De la meule à la lame énorme qu'il repasse
Mal, au lieu d'appuyer le tranchant des ciseaux
Fort, de son gros bras creux qu'on devine sans os.
Imitant de la pierre, et poreuse, la meule
Donne l'impression de tourner toute seule
Lentement, et de faire, elle-même, plutôt
Aller le gros mollet léger de bas en haut,
A l'aide de la planche où le soulier s'appuie.
Autour du char, sans cesse, on entend une pluie
Blanche, rapide et forte aussi, de confettis
Tomber; ce sont tous les figurants, assortis
Au grand costume brun du rémouleur lui-même
Qui la jettent partout; ils ont tous un emblème,
Soit des ciseaux de forme étrange, grands ouverts,
Soit deux couteaux à bout arrondi, de couverts,

Croisés, qui sont brodés en argent sur l'étoffe
De la poitrine; un d'eux répond à l'apostrophe
D'un gros pierrot masqué, qui tout en bas le suit
Sur la chaussée, et dans la foule, et tout le bruit
Lui parle d'une voix qu'il déguise et l'intrigue;
L'autre, d'en haut tout en répondant, est prodigue
En jets de confettis, que le pierrot d'en bas
Essaye de lui rendre aussi, mais ne peut pas
Envoyer juste, avec ses mains trop éloignées,
En puisant dans son sac, sans la pelle, à poignées.

*
* *

Sur le trottoir, on vient d'avoir un peu d'effroi,
A cause d'un moment subit de désarroi
Mis dans la marche en droit chemin, d'une analcade;
Le premier âne tout essoufflé, que saccade

Son cavalier, tapant aussi du talon, dur,

S'entête absolument à se diriger sur

Le trottoir; un pierrot le prenant par la rêne,

Le caresse d'abord sur le front puis l'entraîne

Fort; un autre lui bat la croupe avec la main,

Et l'analcade alors se remet en chemin.

Ce sont des hommes mis en toilettes de femmes

Bizarres; de côté sur leurs selles de dames

Ils sont tout maladroits, semblant se tenir mal

Sur l'unique étrier qui leur est anormal.

Tous ont la même robe en une étoffe verte,

Brillante, laissant voir leurs cous, assez ouverte;

Leurs gants verts sont très courts, sans couvrir leurs bras nus;

Des chapeaux longs, étroits, à rubans biscornus,

Semblent les déguiser en des charges d'anglaises

Sous le papier de leurs ombrelles japonaises.

Et comme à des enfants on voit des caoutchoucs

Noirs, plus ou moins serrés, qui, passés sous leurs cous

Mal rasés, tiennent bien enfoncés sur leurs crânes

Aux cheveux coupés courts, leurs grands chapeaux. Les ânes

Ont à la tête, verts et jaunes, des pompons
Dont certains manquent.

              Là, criant : « Bonbons, bonbons,
Bonbons ! » avec un fort accent de la Provence,
Un marchand dont la table, étroite et longue, avance
Sur le bord du trottoir, verse des confettis
Dans des sacs en papier; les sacs les plus petits
Sur la table, font la première des rangées,
Puis d'autres par derrière, alignent, étagées,
Leurs sacs de plus en plus gros et grands; les derniers
Sont à peu près le double en tous sens des premiers.

Sur la chaussée, allant vite, un retardataire
De l'analcade des Anglaises, solitaire,
Trotte parmi des chars à bancs et des landaus;
L'homme, voulant aller au galop, pique au dos
L'âne du bout assez pointu de son ombrelle,
Pour rejoindre plus vite, au loin, la ribambelle
Des grands chapeaux étroits.

Émergeant à demi
De la foule, montrant son goulot court parmi
Les voitures, venant par ici, se promène
En balançant avec une démarche humaine,
Un immense flacon bleu de pharmacien;
Le carton dont il est fait imite assez bien
Les reflets miroitants et les ombres du verre
Bleu foncé, presque opaque aussi, qu'il cherche à faire;
Mais il ternit de plus en plus. Sur le bouchon
Étroit, formant le haut d'un cœur, un capuchon
De peau se serre avec une ficelle rouge,
Après laquelle pend un cachet rond qui bouge,
En dessous du rebord saillant du gros goulot.
Une étiquette qui se lit de bas en haut
Fait en spirale un tour complet, et le bout, même,
Croise un peu l'autre en en commençant un deuxième
Allant vers le bouchon; sur le papier, de loin
On ne distingue pas les lettres; dans le coin
Seulement, on y voit un peu d'une écriture

Rouge, donnant l'aspect de quelque signature
Avec un grand paraphe étrange et compliqué
Et que l'on reconnaît exactement calqué,
Dans sa mémoire, avec chaque boucle analogue,
Sur les flacons aussi tout pareils, de la drogue
Célèbre, qui depuis assez longtemps se vend
Partout.

      L'homme s'approche et n'a plus rien devant
Lui, comme encombrement quelconque, qui le masque;
Et malgré les cahots de sa marche fantasque,
Les mots sur le flacon déjà se font assez
Distincts pour n'en plus être, à présent, effacés.
Sur une autre étiquette à la forme arrondie
De la bouteille même, on lit la parodie
Des cas juste opposés dans lesquels l'élixir
Doit également bien et toujours réussir.
Il se rapproche encore, et l'œil alors découvre
Une entaille très sombre, en rectangle, qui s'ouvre
Juste sur l'étiquette, au milieu; c'est le trou

Qu'on ne soupçonne pas, d'abord, de loin, par où
L'homme enfermé, dont seul, en dessous, par l'espace
De la bouteille au sol, le bas des jambes passe,
Peut, pour se diriger parmi la foule, voir.
Justement à l'instant il vient de recevoir
Des confettis en plein dans la face; il s'arrête
Sur le coup, tout saisi, pendant qu'on voit sa tête
Vite se reculer entre l'obscurité
Intérieure, et là quelque temps agité,
Il se frotte les yeux comme quand on s'éveille,
Avec ses poings serrés, pendant que la bouteille
Semble se reposer dans tout le mouvement
Qui va la dépasser; l'homme au bout d'un moment
Repart, en remettant les yeux à l'ouverture,
Et de nouveau l'on voit avec désinvolture
Se balancer, de droite à gauche, le flacon.

*
* *

.

Gaspard, sans y penser, passant sous un balcon
Long et rempli de gens tout costumés, essuie,
Crépitant sourdement sur son feutre, une pluie
De confettis; plusieurs les lui lancent très fort,
Recommençant ensuite en le visant; d'abord
D'un premier mouvement instinctif, sous l'averse
Qu'il ne s'attendait pas à sentir, il renverse
En arrière la nuque, en remontant les os
Des épaules qu'il hausse et ceux de tout son dos;
Après, levant les yeux, il regarde le monde
Épars sur le balcon; mais avant qu'il réponde
Aux confettis qu'il a tout à l'heure reçus,
Une nouvelle grêle, en lui tombant dessus,
Le force à rebaisser rapidement la tête;

Puis sans en avoir l'air, en dessous, il apprête
Sa pelle qu'il remplit la plus lourde qu'il peut,
Dans le fond de son sac, sous l'averse qui pleut
Toujours; et choisissant un court moment de trêve,
Sans que l'on ait rien vu, soudain il se relève,
Et visant avec force, au hasard, dans le tas
Il leur jette, en laissant dans l'air tout un platras,
Sa grosse pelletée; et rejoignant bien vite
Roberte qui regarde en riant, il évite
Tout juste, en échappant à peine d'un instant,
Encore une autre pluie énorme, qu'il entend
Tomber sur le trottoir avec un bruit de grêle.

Au loin, venant vers eux, un gamin sale bêle
Au nez de tous les gens qu'il croise, en se frayant
Lestement un passage; il est poudreux, n'ayant
Rien pour se garantir, qu'une tête de chèvre
En carton, qu'il maintient des mains, et dont la lèvre
Inférieure, ouverte et basse, laisse voir,
Découpant leurs petits triangles sur le noir

Intérieur, des dents toutes de même taille ;
Mal faite par lui-même, une assez large entaille
Aux bords irréguliers et tout gris, dans le cou
De la tête, lui laisse un espace par où
De ses yeux éveillés, remuants, il se guide
Adroitement. Le bord de la tête, rigide,
Sur ses épaules pèse et fait faire des plis
A l'étoffe ; on croirait voir un torticolis
Formant contraste avec tout le corps qui gambade
Et qui fait, pour marcher, comme une galopade,
En repartant toujours du même pied, sans rien
Changer ; ses vêtements, brun foncé, de vaurien
Ont, à plusieurs endroits, des traces mouchetées
Blanches, qu'on reconnaît faites de pelletées
De confettis. Il est maintenant sur le point
De se croiser avec Roberte ; il la rejoint
Tranquille, d'un pas calme à présent, sans paraître
Vouloir lui faire rien de drôle ; il attend d'être
A deux pas seulement d'elle, encore plus près
Que ça, même, voulant lui faire peur exprès,

Pour lui bêler, alors, très fort en plein visage,
De la voix féminine encore de son âge,
En lui criant, pour rire, après, qu'il la connaît;
Roberte, à tout hasard, qui justement tenait
Tout debout, dans sa main, sa pelle toute prête,
Le vise pendant qu'il s'en va; c'est sur la tête
Que les confettis vont tomber les plus nombreux,
Faisant sur le carton un bruit sonore et creux;
Roberte se prépare à replonger sa pelle;
Mais le gamin, là-bas, se moque encore d'elle,
En tâtant doucement, comme s'il avait mal,
Les endroits touchés dont sa tête d'animal
Est plus ou moins blanchie; et d'une voix pleurarde
Il bêle de nouveau fort, pendant qu'il regarde
Roberte, retournant la tête en se sauvant
Et se cognant avec tout le monde.

                              En avant,
Sous la voûte que l'on enfile, des arcades
Qui finissent au loin, maintenant les façades

De toutes les maisons, rétrécissant partout
Le trottoir de leurs gros piliers carrés, au bout
Qu'ils ont encore à faire, alors, de l'avenue,
Le grouillement du monde, énorme, et la cohue
Des masques se parlant et se battant, ont l'air
Si compacts, sous le jour un peu moins fort et clair
Du plafond, que Gaspard propose de descendre
Du trottoir, maintenant trop encombré, pour prendre
Par le milieu de la chaussée où, justement,
On ne sait pas pourquoi, règne, pour le moment,
Des deux côtés, comme une espèce d'accalmie.

Au loin, se rapprochant, la physionomie
Très ridicule exprès, d'une tête en carton
Reposant sur les deux épaules d'un piéton,
Domine avec son grand chapeau les quelques masques
Qui marchent; l'homme, avec des allures fantasques,
Trébuche tout le temps, comme étant pris d'alcool;
C'est entre les deux coins très écartés du col,
A travers un grand trou carré, sous une pomme

D'Adam proéminente et saillante, que l'homme
A sa tête réelle et voit; il est vêtu
D'un banal habit noir dont le gilet pointu
Ouvert très bas découvre un plastron de chemise
Tuyauté sur son bord; et complétant la mise
Du gommeux, une fleur rouge sur le revers
De l'habit tire l'œil. Posé tout de travers,
En dégageant le front de la figure énorme,
Et défoncé partout, un chapeau haut de forme
Au poil dans l'autre sens inspire un aspect vieux;
Tout frisés sous ses bords, des sortes de cheveux
Mal collés avec des espaces, roux carotte,
Recouvrent en très clair la tête que cahote,
De bas en haut, le pas constamment zigzagué
De l'homme qui fait voir un air joyeux et gai
Fixe, sur le visage immense où rien ne bouge;
Le nez est tout enflé, presque du même rouge
Que les lèvres qui font, en riant, un écart
Sombre, orné d'une dent seulement. Le regard
Terne ne fixe rien, souriant, immobile

Dans le vague; au milieu, du noir fait la pupille,
Entouré tout d'abord d'un premier cercle bleu
Puis de blanc, mais le tout sans vision ni feu;
L'homme paraît avoir une poitrine étroite
Sous cette grosse tête; il tient dans la main droite
Par le fond, en serrant ses doigts, un vrai cruchon
En grès jaune, à liqueur, au goulot sans bouchon,
Qu'il bouge sans paraître attacher d'importance
Au soi-disant liquide empli dedans; une anse
En haut est juste assez grande pour que le doigt
Puisse encore y passer. De temps en temps il boit
En portant le goulot du cruchon à la bouche
Ouverte en souriant de la tête; il n'y touche
Qu'en élevant son bras presque tendu très haut
Pour attraper la lèvre à tâtons; le goulot
Très court et très étroit entre tout à fait juste
Dans l'écart que les deux lèvres font; il déguste
Lentement à longs traits goulus le soi-disant
Contenu qu'il paraît avaler, en croisant
A chaque pas ses pieds et ses jambes qu'il cogne

Dans sa marche toujours maladroite d'ivrogne;
En finissant de boire, il berce dans ses bras,
Le serrant tendrement avec des airs béats,
Le cruchon comme pour faire voir comme il l'aime.
Parfois en trébuchant il tourne sur lui-même
Pour que, probablement, le monde puisse voir
Appliqué sur son dos, cousu dans l'habit noir,
Un écriteau carré; mais il tourne trop vite
Et marche encore un peu trop loin pour qu'on profite
Du moment pour saisir ce que l'on voit écrit
Sur la toile brillante, en un gros manuscrit.
Un pierrot en passant le vise avec sa pelle
Au chapeau qu'il attrape assez bien, puis l'appelle :
« Hé, dis donc, là-bas, vieux pochard, » l'apostrophant
Sous son masque en couleurs, sur un ton bon enfant
Qu'il croit approprié, prenant pour de la vraie
Bonne humeur la figure épanouie et gaie
De la tête au sourire incessant, et le pas
Qui n'est qu'étudié. L'homme ne répond pas
Aux farces du pierrot qui maintenant le raille

Sur son mauvais chapeau, puis sur sa haute taille
Avec qui ses bras courts ne sont pas en rapport,
A ce qu'il dit.

Gaspard a marché tout d'abord
Au milieu; maintenant tous deux sont très à droite,
A côté du trottoir, longeant la file étroite
D'arcades.

*
* *

Des Chinois vont n'importe comment
Sur leurs ânes parés; tout seuls pour le moment
Ils peuplent la chaussée entièrement déserte
De sujets et de chars; ils dépassent Roberte
Assez vite; l'un d'eux tousse fort, étouffant.

Habillé d'un pierrot rouge et noir, un enfant
Court vers eux, maintenant parmi le tulle raide,
Noir, de sa collerette, une figure laide
Rose cru, faite par son masque en fil de fer,
Toujours avec ce teint voyant et ce même air
Bête; son autre main sur son sac, il l'empêche
De lui battre au côté pendant qu'il se dépêche.
Il arrive devant eux. Roberte consent
A s'écarter un peu; très vite, en bondissant,
Il s'approche en gardant toujours la tête basse
Dans le vent de la course; en un instant il passe
Toujours pressé, sans rien regarder, entre eux deux;
Roberte, en se tournant, sous le masque hideux
Derrière, voit un peu de sa joue enfantine.

Sous les arcades, là, le monde qui piétine
Fait tout un bruit de pas traînassants et de voix
Basses ou par moments plus fortes. Quelquefois

Gaspard, entre l'écart de deux piliers, attrape
Un lot de confettis égarés qui le tape
Comme une forte grêle au long de son chapeau,
Ou bien l'atteint encore, en lui cinglant la peau,
Aux mains; et sans savoir, déjà par habitude,
Il regarde parmi toute la multitude
Celui qui l'a frappé, par derrière et devant,
Et sans l'avoir trouvé, lançant le plus souvent
Sur quelqu'un qu'il choisit au hasard, il riposte
Quand même.

        Un homme, là, s'arrête et les accoste,
Regagnant avec eux la place Masséna
D'où justement il vient; comme coiffure il n'a
Qu'un bonnet phrygien; un caoutchouc trop flasque
Fait par derrière un nœud pour serrer mieux son masque
Peint, d'un rose partout aussi cru comme ton;
Un endroit est pincé tout au bout du menton
Ainsi que par deux doigts. Après le bonnet rouge
Dont la pointe retombe à droite, tremble et bouge,

Pendant à plusieurs fils tirés et longs, au bout
De la pointe qu'il orne et dont il se découd,
Un léger grelot vide et cabossé, de cuivre.
L'homme exhorte Roberte à venir, à le suivre
Par là-bas, lui donnant quelque nouveau prénom
Affreux à chaque phrase; elle lui répond : « Non,
Non, non, » faisant de droite à gauche aller sa tête;
Mais lui sans se lasser continue et s'entête,
Lui disant qu'il ne faut pas faire d'embarras
Avec un vieux copain, en lui tendant son bras
Épais avec sa manche enflée en grosse toile
Très plissée. Il lui parle ensuite de son voile
Double, lui demandant : « Veux-tu le partager
Avec moi ? » protestant qu'il craint fort le danger
Des confettis, jurant après de le lui rendre;
Puis il paraît alors ne pas du tout comprendre,
Puisqu'il compte ce soir le redonner, comment
Elle le lui refuse encore, et, la nommant
Tout à coup d'un nouveau prénom encore pire
Que les autres d'avant, et qui la force à rire,

4

Il se met, en prenant des larmes dans sa voix,

A dire que c'est mal d'oublier autrefois

Et leur ancien amour, sur un ton de reproche

Grotesque et désolé; puis, tirant de sa poche

Un mouchoir à carreaux bleus, il essuie avec,

Le promenant de l'un à l'autre, le coin sec

Des yeux peints au regard sérieux et tout terne

De son masque qu'aucun air triste ne consterne;

Après, continuant à gémir, il étend

Son mouchoir sur sa main droite, puis imitant

Le bruit fort et vibrant de quelqu'un qui se mouche

En soufflant durement au travers de sa bouche,

Il pince fort le masque au nez, dans son mouchoir.

Puis il dit en avoir ainsi jusqu'à ce soir

A pleurer de la sorte et recommence à geindre

De son ton larmoyant, ayant l'air de se plaindre

A Roberte qui rit, de quelque trahison

Ancienne en ajoutant qu'il va boire un poison,

Et qu'on peut être sûr qu'il ne sera pas lâche

Pour l'avaler; enfin il s'écarte et les lâche,

Recommençant un bruit semblable en se mouchant,
Et prenant à témoin quelqu'un, qu'on est méchant
Pour lui, qu'il est bien triste et qu'on ne lui témoigne
Qu'indifférence à lui si gentil. Il s'éloigne
Dans l'autre sens, faisant tout ce bout de chemin
Pour la deuxième fois. Roberte, de la main,
Semblant heureuse enfin d'en être dépêtrée,
Lui fait adieu d'un signe ironique.

                            A l'entrée
De l'avenue, accroît sans cesse un embarras
Tumultueux, formant un étrange fatras
De masques, de couleurs et de chevaux. Un juge
A la calotte noire émerge du grabuge;
Il se remue un peu sur place, montrant hors
De la cohue au moins la moitié de son corps;
Sur sa figure au nez long on voit des lunettes;
Il a les gestes secs, courts des marionnettes,
Semblant n'avoir pour corps maigre qu'un long bâton
Supportant simplement sa tête de carton,

En dessous de sa robe ample et noire qui flotte

Avec beaucoup de plis, tombant droits; sa calotte

Est mise sur l'oreille; au bout du nez il a

Une verrue énorme et rouge. Mais voilà

Qu'un grand char important plein de monde s'approche,

Arrivant augmenter encore l'anicroche;

Il ralentit et puis s'arrête, prisonnier

Dans la foule. Un immense et large cuisinier

S'y tient debout, vêtu d'une casaque blanche;

Son gigantesque bras tout raide, dont la manche

Retrousse jusqu'au coude en carton rose dur

Imitant bien la peau, tient immobile sur

Un fourneau, le couvercle ouvert d'une marmite.

Quelque chose enfermé dans le fourneau n'imite

Pas mal le flamboiement intérieur du feu

Absent; l'on aperçoit, reluisant quelque peu,

Un reflet rouge cuivre à travers l'interstice

Laissé par une porte étroite, en fer factice,

Au côté du fourneau par endroits mal noirci.

Tout en haut des enfants, en cuisiniers aussi,

Dansaient, levant beaucoup la jambe, tout à l'heure,
En faisant une ronde, eux tous, intérieure
Dans la marmite. Mais arrêtant leurs ébats,
Maintenant tous penchés, ils regardent en bas
Sur le bord qui leur vient à peu près à la taille.
Un d'eux montre du doigt un point dans la bataille.

Grossissant l'embarras, sans cesse de nouveaux
Venus, en se tassant, s'arrêtent. Deux chevaux
Attelés au timon brillant d'une voiture
Particulière, font enfin une ouverture
Dans la foule, et sortant les premiers, vont au trot
Sur la chaussée alors partout libre. En pierrot
Lui-même et bien masqué, le cocher les rassemble,
Les fouettant tous les deux du même coup. Il semble
Qu'un des maîtres traînés soit venu se jucher
Sur le siège, par goût, pour faire le cocher;
Car il paraît bien là, lui, pour son propre compte,
Dans son costume, avec son masque que surmonte
Un feutre blanc montrant trois boutons bleus, ainsi

4.

Que les pierrots qui sont en voiture. D'ici
Un instant on pourrait presque être pris au piège
Du masque, en le croyant vrai. Derrière le siège,
De dos, on voit bouger en parlant le chapeau
D'un pierrot, sous lequel on ne voit pas de peau
A cause du bonnet phrygien rouge. Assises
A même la capote en arrière, indécises
A les voir, discutant des mains, deux femmes sont
Côte à côte, les pieds aux coussins. Elles ont
Sur leurs masques pareils des chapeaux gigantesques
A bords très compliqués et de formes grotesques;
Autour de la calotte, en grande quantité,
Du tulle paraissant de grosse qualité
S'enroule par devant, formant un chou qui bouffe
Sans grâce, avec raideur; le tout est d'un esbrouffe
Excentrique et voyant, exprès de mauvais goût.
Un petit pierrot blanc et bleu se tient debout,
Les coudes appuyés, penché sur la portière;
La voiture au dedans est blanche tout entière,
Banquettes et dossiers; l'on a, pour être sûr

Qu'il ne soit pas sali par les confettis, sur
Le drap capitonné mis une toile blanche.

*
* *

Gaspard est occupé de secouer la manche
De son costume épais pour en faire sortir
Des confettis; il croit, agacé, les sentir
Assez en bas déjà sans les ravoir; il passe
Alors, tout replié, dans le très mince espace
Laissé sur son poignet serré, son second doigt,
Puis il retire ainsi, tassés au même endroit,
Des confettis qu'il jette à terre par saccades.

Tous deux sont arrivés à la fin des arcades.

Le char du cuisinier, après ce long retard
Du grand encombrement qui subsiste, repart
Maintenant seulement; et Roberte s'arrête,
Voulant le regarder partir. La grosse tête
Joyeuse, sous le blanc de l'immense bonnet,
Lui rappelle d'ici quelqu'un qu'elle connaît;
Un rire satisfait plisse la grande joue.
A présent la musique, en recommençant, joue
Une sorte de basse ou de rythme sans air,
Qui ne donne qu'un bruit faible dans le plein air.
En haut les marmitons, sous l'immense couvercle
Toujours levé sur eux, recommencent leur cercle
En se donnant le bras, changeant assez souvent
De côté dans leur ronde; ils sautent en levant
Très haut, l'une après l'autre, en travers, chaque jambe.

L'étincellement d'or comme du feu, qui flambe
Au fond du fourneau, n'est qu'une boule en papier
Métallique, cuivré, qui cherche à copier,
Par ses reflets brisés et chiffonnés, la braise.

Le cuisinier a l'air d'attiser la fournaise

Sur laquelle là-haut l'ample marmite bout,

A l'aide d'une tige en vrai fer dont un bout

Dans sa main est en bois, et dont l'autre, tout rouge,

Comme par la chaleur du papier cuivré, bouge,

Appuyé sous la grille, à cause du cahot

Que le char donne au bras très raide. Mais là-haut,

Soudain, les marmitons viennent de disparaître

En plongeant d'un seul coup, afin de ne pas être

Atteints par le couvercle énorme et ténébreux

Qui depuis un moment s'abaisse un peu sur eux.

Ils se sont arrêtés, puis engloutis ensemble

En le voyant. La main du cuisinier, qui tremble

Aux cahots, tombe ainsi que de son propre poids

Et ferme tout à fait le couvercle; les doigts

D'un des gamins, crispés aux bords de la marmite,

Ne se sont enlevés qu'à l'extrême limite

Pour rentrer dedans juste au moment d'être pris.

Le cuisinier les tient quelque temps assombris

Dans la nuit du couvercle; il continue à rire,

Comme heureux en pensant qu'ils sont en train de frire.

La musique s'entend, toujours sourde. Bientôt

Le couvercle remonte et s'arrête aussi haut

Qu'avant; les marmitons, vite, en une seconde

Se sont tous relevés, puis ils refont leur ronde

Déhanchée en riant et se donnant le bras;

Ils changent de côté presque aussitôt.

                                              En bas,

Sur le plancher du char, recouvert en parties

De minces paillassons, des femmes travesties

Ont un costume, blanc aussi, de pâtissier.

Une d'elles touchant à la boucle d'acier

Qui brille à son genou, remet dedans, bien plate,

En la tirant du bout avec ses doigts, la patte

De sa culotte courte en velours jaune clair,

Dans laquelle des bas entrent, couleur de chair;

Elle a de fins souliers mordorés; tout le reste

Du costume est pareil aux marmitons; la veste

Blanche est très ajustée; en haut, sous son bonnet

Plus grand et fantaisie aussi, l'on reconnaît
Par la grosseur de tête et, de plus, à la nuque,
Par un léger écart, que c'est une perruque
A cheveux courts et non ses vrais cheveux qu'elle a.
En bas, sur la chaussée assez libre, voilà
Qu'au son de la musique entraînante des couples
Se mettent à tourner avec lourdeur, peu souples,
Ayant l'étoffe en plus de leurs déguisements
Sous lesquels on leur sent autant de vêtements
Quand même, à leur grosseur lente, que d'habitude.

Au milieu, dominant toujours la multitude,
L'immense juge, maigre, et que l'on ne voit plus
Que de dos, fait sans cesse alentour des saluts
Très raides, d'une pièce, en croisant tous les masques.
Et pendant qu'il remue ainsi, ses grands bras flasques
Battent dans tous les sens, se cognant à son corps;
Des bouts de doigts tout plats, en carton, passent hors
Des manches. Chaque fois qu'en marchant il s'incline,
On voit pointer un peu derrière, à son échine,

Une bosse arrondie et juste à la hauteur
Où doit être la tête exacte du porteur.
Les jambes sont beaucoup trop courtes pour la taille.

*
* *

Gaspard attend toujours que Roberte s'en aille
En regardant aussi; quand le grand char est loin,
Elle finit enfin par s'écarter du coin
Du trottoir, et cherchant des yeux Gaspard, se tourne.
Par ici tout un flot pour le moment s'enfourne,
Allant dans l'avenue, encore tout tassé
Par l'arrêt un moment causé dans le tracé
Du parcours. Là, Gaspard, qui regardait comme elle,
S'amuse, sans penser, du bout de sa semelle
A déblayer un rail du tramway tout rempli

De confettis intacts ; il sort de son oubli
Quand Roberte, en passant auprès de lui, le touche
De la main.

        Un nouveau facétieux s'abouche
Avec elle. A présent, la place Masséna
S'étend toute grouillante au-devant d'eux. Il n'a
Comme déguisement rien qu'une pèlerine
A capuchon, avec un masque qu'enfarine
Un jet de confettis, sûr envoyé très fort.
Il admire Roberte, et lui dit qu'elle a tort
De ne pas consentir à ce qu'il la conduise
Au café boire un peu tous les deux ; il déguise
Sa voix, tout simplement en lui parlant du nez.
Roberte lui répond qu'elle a bu bien assez
Au déjeuner, portant les yeux sur les deux manches
Faites d'un taffetas noir à rayures blanches
De son manteau, sans voir qu'il l'a mis à l'envers
Tout d'abord ; dans son dos ce sont des carreaux verts
Et noirs entrecoupant une flanelle beige ;

Voyant qu'elle regarde, il lui dit qu'il protège
De la sorte l'endroit de son beau pardessus;
Ensuite voyant deux espaces décousus
Sur sa manche, assez près tous deux, à la couture,
Il introduit ensemble un doigt dans l'ouverture
De chaque, en déclarant que ce n'est presque rien,
Et que, sans plaisanter, Roberte devrait bien,
Si véritablement elle était bonne fille,
Aller chercher chez elle, en courant, son aiguille
Avec une bobine et lui refaire un point.
Gaspard, qui justement, derrière, les rejoint,
S'introduit entre eux deux et de la main écarte
L'homme, sans obtenir tout de suite qu'il parte;
Il feint de se débattre avec rage, et prétend
Que c'est une infamie, une horreur, en traitant,
De sa voix déguisée et toujours nasillarde,
Que dans sa soi-disant colère il rend criarde,
Gaspard de polisson et de vil ravisseur,
Prenant tous à témoin que Roberte est sa sœur,
Et qu'il ne souffre pas qu'un homme la convoite

Impunément ainsi.

                 Maintenant, sur la droite,
Des arcades plus loin espacent de nouveau
Leurs gros piliers carrés. Dépassant le niveau
Des têtes de la foule aux masques toujours drôles
A voir, un pierrot bleu porte sur ses épaules
Un enfant paraissant content d'être à cheval ;
Le petit est aussi vêtu de carnaval ;
Par derrière ils ont l'air de se confondre ensemble ;
La tête du pierrot ne se voit pas ; il semble
Que leur groupe est un seul grand être continu,
Un géant dont le haut du corps est trop menu.

Loin, de l'autre côté qui termine la place,
Des arcades aussi s'alignent, face à face,
Avec les autres ; presque au milieu d'elles deux,
Se rapprochant plutôt du côté plus loin d'eux
Que l'autre, le mouvant défilé continue
En les croisant de loin, allant vers l'avenue

De la Gare. A présent se succèdent plusieurs
Hommes vêtus en coqs; ils causent des frayeurs
Aux gens, en abaissant à chaque pas leur tête,
Sur laquelle remue et tremblote une crête,
Tout en les menaçant, dans la figure, avec
La pointe grosse et peu piquante du grand bec
Peint en marron qui fait, surtout d'assez loin, comme
Une large visière à leur figure d'homme;
Leur crête un peu plus fort tremble à chaque cahot
Que donne leur pas sec, car ils lèvent très haut,
Avec des airs pincés et lents de haute école,
Leurs jambes qui n'ont rien qu'un maillot noir qui colle,
Taché de plâtras blanc aux pieds; tous les deux pas
Ils lèvent tour à tour et rebaissent leurs bras,
De la sorte, faisant battre de grandes ailes
En plumes de plusieurs couleurs, et sous lesquelles
On aperçoit parfois, dans des moments subits,
Quand elles sont en l'air, un peu de leurs habits,
Mais avec une extrême et vive promptitude.
Dans l'ensemble, à côté de la similitude

Des coqs mêmes, le seul visage différent
De chaque homme, qu'on voit sous le gros bec, surprend ;
Le premier a la face assez pleine et rougeaude ;
Le deuxième a des yeux d'expression nigaude,
Il se retourne et parle à celui qui le suit,
Tout en marchant; un autre a le menton qui fuit;
Un, petit, montre, allant mal avec sa figure,
Un nez très retroussé, tout aplati, qui jure
Avec, tout alentour, son visage très plein;
Un grand dégingandé montre un nez aquilin
Qui, sur tout le plumage environnant, détache
Sa silhouette. Un gros a beaucoup de moustache ;
Et le dernier, moins vif dans sa marche, a l'air vieux.
Dans les têtes des coqs, de côté, de gros yeux
Immobiles et rond, marrons et noirs, en verre,
Par leur expression peuvent assez bien faire
En très grand le regard fixe et froid d'un vrai coq.

Gaspard, qui les regarde, est poussé, par le choc
De quelqu'un qui le heurte en courant, dans la foule.

On entend imiter un gloussement de poule;
C'est un pierrot qui met ses mains en porte-voix
Sur son masque, en visant les coqs, là-bas.

　　　　　　　　　　　　　　　　Parfois
Quand elle voit quelqu'un assez à sa portée,
Roberte, vivement, lance la pelletée
Qu'elle tient toujours prête et, de suite, levant
Son coude très en l'air, elle le met devant
Sa figure, voulant éviter la réponse
Qui vient toujours.

　　　　　　　　　Gaspard, sans s'arrêter, renfonce
Son chapeau qui tient mal sur son masque bombé
Et qui, l'instant d'avant, était presque tombé,
Parti tout de travers à la forte secousse
De l'homme qui courait si vite. Avec son pouce
A gauche et tous ses doigts à droite, sur son front
Il recolle le haut de son masque, trop rond

De forme; après, levant son autre main, il baisse,
En l'écartant, le bord de son feutre, puis laisse
Le masque qui se bombe, empêchant le chapeau,
En avant, de toucher par son cuir à sa peau;
Il ne se sent plus rien, maintenant, qui le gêne
Sur le haut de la tête. En arrière, il promène
Ses mains sur le pourtour du bonnet phrygien
Sous lequel il a chaud, pour constater si rien
N'a remonté, passant hors de la collerette.

Après ces quelques pas d'une marche distraite,
Il retourne la tête et s'aperçoit qu'il a
Un peu laissé derrière, à quelques pas de là,
Roberte; et s'arrêtant lui-même, il la regarde
Qui se bat en riant, gaîment, et qui s'attarde
Avec un couple vert; l'homme, donnant le bras
A la femme qui marche avec lui, ne peut pas
Lancer bien de sa main gauche chaque poignée
Qu'il puise dans son sac, sur Roberte éloignée
De lui suffisamment et qu'il essaye en vain

De lasser en visant toujours plus fort; enfin
Après un dernier jet cinglant, elle fait mine
De partir tout de bon, mais comme une gamine,
N'en voulant pas avoir, elle, le démenti,
Elle se tourne et jette en l'air un confetti
Tout seul sur eux, avec les doigts, puis court rejoindre
Gaspard qui lui sourit.

*
* *

                  Tout là-bas vient de poindre
Un nouveau char parmi l'ensemble permanent
Qui défile sans cesse. Il paraît au tournant,
Formant un angle droit, du quai Saint-Jean-Baptiste.
Une immense nourrice en bonnet de batiste,
Avec un tuyautage énorme autour, mais sans
La couronne dessus, ni les deux grands rubans
Qui pendent dans le dos, domine. Son visage
Sourit; sur sa poitrine excessive, un corsage

Bleu foncé fait bomber un seul rang de boutons ;
Un col droit empesé lui donne deux mentons ;
Sous le gros tuyauté du bonnet, une raie,
Courte pour sa largeur, fait avec de la vraie
Chevelure en des crins quelconques, deux bandeaux
Plats et tirés ; elle a sur elle des cadeaux ;
D'abord l'éclat doré de deux boucles d'oreilles
Qui scintillent au plein soleil, toutes pareilles,
Comme forme et façon, à ce qu'est en plus grand
Une broche brillant un peu moins et qui prend
Devant, en y laissant encore un peu d'espace,
Les deux côtés du col autour duquel dépasse
En faisant ressortir son linge de très peu,
L'autre col dont le blanc tranche net sur le bleu.
Sur son corsage pend une chaîne de montre
Dont le double côté, constamment se rencontre
Et se cogne aux cahots que lui donne le char ;
Elle semble un article à dix sous d'un bazar ;
Son bâton est passé dans une boutonnière,
Et le tout paraît mis en hâte, de manière

A pouvoir s'enlever d'un seul coup, aussitôt,
Du corsage qu'on doit défaire quand il faut,
Pour apaiser ses pleurs, que le nourrisson tette.
Très brillantes aussi, faisant gros sur sa tête,
Et plantant leur aiguille à fond des deux côtés
De son bonnet, auprès des zigzags tuyautés,
Deux épingles se font remarquer ; une boule
Grosse forme leur tête ; un tube qui s'enroule
Sur une sphère semble être tout leur travail ;
Par leur dimension on les voit en détail.

La nourrice paraît ne pas faire de geste
Articulé. Marchant devant elle, il ne reste
Déjà plus qu'une assez longue procession
D'hommes tout verts portant avec précaution
Sur leur tête, grandeur nature, une citrouille.
Sur la figure un fard vert tendre les barbouille.
La citrouille leur vient aux yeux comme un chapeau
Trop large de pourtour. Leur costume vert d'eau
A la coupe à peu près d'un habit de soirée

A très longs pans; la taille en avant est serrée
Par des boutons en cuivre et larges, qui sont mis;
Leurs souliers sont brillants d'un étrange vernis
Vert aussi, qui malgré la poussière chatoie
Sous une poudre blanche. Ils ont des bas de soie
Plus ou moins bien tirés, de la même couleur;
Une culotte courte étrécit son ampleur
A leurs genoux auxquels une boucle étincelle.
Quelques-uns en marchant ont sans cesse le zèle
De faire, allant de droite à gauche, avec leurs bras
Des amabilités et de grands embarras,
En envoyant avec leur grosse tête ronde
De beaux saluts, prudents pourtant, à tout le monde.
Un d'eux entre autres fait de la main des bonjours
A Roberte assez près maintenant du parcours,
Il a son autre main dans le fond de sa poche.

Le grand char derrière eux tout de suite s'approche
Apportant tout un grand brouhaha triomphal.
Tout d'abord, costumés, deux hommes à cheval

Conduisent deux par deux un attelage à quatre ;
Une femme à l'avant du char s'amuse à battre
De la tête le rythme accentué de l'air
Qu'on joue, en fermant presque un œil avec un air
Ironique ; elle appuie un poing sur une hanche ;
Lui tombant jusqu'aux pieds, une ample robe blanche
Lui donne bien l'aspect d'un immense bébé ;
Elle tient dans la main un biberon bombé
Gros comme une bouteille et lourd, aux trois quarts vide,
Au fond duquel du lait ou quelque autre liquide
Blanc, l'imitant, remue. Entré dans son bonnet
En coulisse, un étroit ruban rouge au sommet
De sa tête s'amasse et forme une bouffette.
Elle mâche, en bougeant ses lèvres, sa bavette.

Derrière elle, nombreux, tous en bébés aussi,
Hommes et femmes font arriver jusqu'ici
Des confettis, puisant à même, à pleine pelle,
Sur le côté du char, dans une ribambelle
Sans interruption d'auges blanches en bois.

La nourrice, le bras levé, tient dans deux doigts
Tout à fait refermés de crainte qu'il ne sorte
Et pouvant se couler dans l'espace, une sorte
De cordon divisé plus tard en plusieurs bouts
Qui partent d'un endroit et s'enroulent aux cous
De vrais enfants, ceux-là, pourtant moins en bas âge
Que ceux qu'ils veulent faire; ils ont tous le visage
Encadré d'un bonnet au tuyautage dur;
Ils dansent tous ensemble et séparément sur
L'épais marbre imité d'une immense commode
A grands tiroirs égaux et d'une vieille mode
Avec sa forme lourde et grosse, en acajou.
Chacun d'eux dans la main brandit quelque joujou
Trop grand, qui fait du bruit, soit un polichinelle,
Soit un hochet très gros, entouré de flanelle.
La nourrice a devant sa jupe un tablier
En linge et que l'on voit encore se plier
Un peu, comme au retour récent du blanchissage;
Sa jupe est tout à fait pareille à son corsage
Et jusque sur le sol tombe partout très droit

En battant sur le bas de ses jambes étroit;
Et même quelquefois, lorsque le char tressaute
Un peu plus, on la sent se balancer fort, faute
Dessous, de l'épaisseur absente des jupons.

Le char vient de passer. Derrière, un des poupons
Avec un bonnet blanc et rose, un homme obèse,
Tout petit et trapu, semble mal à son aise
Dans son soulier orné, comme aux enfants, d'un chou;
Son second doigt a l'air d'y chercher un caillou
Quelconque; auprès de lui de sa main gauche libre
Il se tient fermement, pour garder l'équilibre,
En serrant bien, après une chaise en osier
D'un des musiciens; le fragile dossier
Tremblotte sous sa main dure qui s'y cramponne
De tout son poids. De loin, dans l'orchestre, un trombone
Étincelant, à gauche, et plus à droite, un cor,
L'un et l'autre au soleil, mettent deux reflets d'or
Attirant le regard, au milieu de l'ensemble
Des joueurs tout en blanc, et dont l'aspect ressemble

Tout à fait à celui des autres figurants,
Représentant aussi, sous leurs bonnets, de grands
Enfants au biberon, en robe longue comme
Les autres, allant mal à leur figure d'homme.
Soufflant à pleins poumons et tout rouge, l'un d'eux,
Celui précisément du trombone, est hideux,
Et le petit cordon du bonnet qui se noue
Sous son menton a l'air de l'étrangler. La joue
D'un autre est mal rasée. Avec son grand profil
A moustache, aux traits forts et d'un aspect viril,
Un long musicien très maigre est ridicule.

*
* *

Du monde, derrière eux, en les poussant, recule
Sur Gaspard et Roberte inattentifs, en train
De regarder partir le char. Un tambourin,

Avec un bruit de cuivre et de lamelles, roule
Tout droit sur son pourtour, au milieu de la foule;
Mais un soulier qu'il touche en passant compromet
Son équilibre, et près de Gaspard il se met
A tourner sur lui-même; on peut, du regard, suivre
Le chemin flou que font les lamelles de cuivre
En tournoyant ainsi, pas vite, à leur éclat;
Le tambourin finit par se poser à plat,
Et l'on entend alors les lamelles se taire;
C'est le côté tendu qui touche sur la terre.
Un cavalier là-bas, auquel il appartient,
Remue, en Espagnol; c'est de lui que provient
Le trouble dont ils ont ressenti la poussée;
Les sourcils rapprochés, la face courroucée,
Il ne sait plus que faire et, se tenant debout
Sur ses étriers courts, ne peut venir à bout
De son âne tout noir qui tournaille sur place
Sans jamais ralentir ni presser, quoiqu'il fasse
Pour lui tourner le front dans l'autre sens; le mors,
A force de tirer sur la rêne, pend hors

De la mâchoire; il fait de rapides ruades
Qui reculent les gens. Mais un des camarades
Qui l'attendent là-bas en désordre, descend
Lestement de son âne arrêté; puis laissant
Au voisin son tambour et sa bride, il enfonce
Son chapeau dont le bord un rapide instant fronce
De gros plis sur son front; ensuite, vite il court
Vers l'autre; les glands clairs dont son veston très court
Est garni tout autour, au-dessus de sa taille
Sur laquelle s'enroule une ceinture paille,
Tremblotent aux cahots; il vient de prendre exprès,
Pendant que l'âne allait tout en rond, le plus près
Possible de son mors tout de travers, la rêne,
Et de toute sa force, en tirant, il entraîne
L'âne qui maintenant s'éloigne à reculons,
Malgré tous ses efforts et malgré les talons
Du cavalier rageant toujours et qui les entre
Le plus fort qu'il le peut dans le poil de son ventre.
A la fin le nouvel Espagnol, voyant bien
Que ce n'est pas ainsi qu'on aura le moyen

Vrai, tâche d'essayer autre chose; il fait signe
A l'autre d'arrêter ses talons qu'il désigne
Du doigt; alors après un moment de repos
Pour le laisser souffler, quand il juge à propos
De le faire partir, de la main il caresse
Au côté du cou, l'âne inquiet qui redresse,
Se méfiant toujours, toutes deux en avant,
Comme avec intérêt, en les bougeant souvent
Mais assez peu, de droite à gauche, ses oreilles.
Il ne les garde pas, d'ailleurs, toujours pareilles,
Ni dans le même sens pour la direction
Qu'elles ont en changeant d'orientation.
Devant lui maintenant l'Espagnol, qu'il regarde
Avec anxiété, se décide, puis garde
Toujours tout près du mors la rêne dans la main
Gauche; après, mesurant d'un regard le chemin
Qu'il lui faut parcourir pour arriver au groupe
Mouvant de l'analcade, il pousse par la croupe
En renversant un peu de ses poils à rebours
L'âne, en le dirigeant par la tête, toujours

A l'aide de la rêne, à côté de la bouche;
L'âne redevenant mauvais comme avant, couche
Les oreilles encore, et marche de côté;
Le cavalier dit : « Ça, c'est de la nouveauté,
Par exemple. » Pendant tout ce temps un gros masque
Étant venu chercher le grand tambour de basque,
Le rend au cavalier qui lui répond : « Merci. »
Après, derrière l'âne allant se mettre aussi
Pour le faire avancer enfin, à la rescousse,
Il se joint aux efforts de l'Espagnol et pousse
Sur la croupe, le corps penché, de ses deux bras;
Et l'âne alors finit par faire quelques pas;
On le pousse plus fort et maintenant il trotte
Très bien; en rejoignant l'analcade il se frotte
Contre un autre âne; l'homme attend un peu pour voir
S'il se calme, et retourne ensuite à l'âne noir
Et blanc qu'il a quitté tout à l'heure et qui joue
Tranquillement avec son mors, puis qui secoue
Sa tête, grandement, après, de bas en haut;
L'homme met l'étrier à son pied; aussitôt

S'aidant du cou de l'âne il se retrouve en selle;
Il reprend son tambour de basque sous l'aisselle
Bien serrée et qui s'ouvre au contact de celui
D'entre ses compagnons de l'analcade, à qui
Il avait confié son âne tout à l'heure.
En avant on repart enfin; un âne effleure
Un autre âne en passant, qui reste le dernier;
Puis il trotte et se met en avant, le premier,
Faisant lever le nez tout à coup du deuxième
En le touchant avec sa croupe. On voit le même
Costume aux tons voyants et très clairs, espagnol
A tous les cavaliers encore en tas; d'un col
Empesé, rabattu, noire, en satin, étroite,
Une cravate sort et tombe toute droite
Jusque dans la ceinture, en coupant le plastron;
Leurs courts vestons sont tous sur le même patron,
Arrivant au-dessus de la taille où tremblote
L'ensemble remuant des glands clairs; la culotte
Est rose vif, les bas très lisses sont d'un blanc
A reflets. Deux d'entre eux sont sur le même rang

Encore; l'un avance un peu; l'autre, immobile,
Attend qu'il soit passé pour se mettre à la file;
Certains trop éloignés prennent un trot léger,
D'autres tardent plutôt afin de ménager
Leur distance.

*
* *

Roberte, en le touchant, appelle
Gaspard qui, malheureux, à quelques mètres d'elle,
En regardant partout, inquiet, la cherchait.
Ils reprennent leur marche. Ils sont presque au crochet
Du parcours. Maintenant, arrivant de la gauche,
Un mannequin commence à tourner; il chevauche
Un autre mannequin, immense aussi, vêtu
Comme d'un maillot rouge, et semblant courbatu
De se tenir ainsi par terre, à quatre pattes,

Effondré sur ses bras, avec ses omoplates
Ressortant dans son dos, haut. C'est le carnaval
Lui-même, tout joyeux, qui s'avance à cheval
Sur le diable éreinté; sa face épanouie
Porte une expression heureuse et réjouie,
Très rouge; par-dessus le crin ébouriffé
De ses cheveux, il est, sur l'oreille, coiffé
Assez comiquement d'une espèce de toque
Avec un ruban noir dont le nœud a sa coque
Gauche beaucoup plus grande et qui se tient en l'air
De côté; son costume en laine, jaune clair
Tout uni, semble avoir à peu près, en énorme,
Avec sa blouse large à ceinture, la forme
Des vêtements tout faits qu'on met aux écoliers;
En longueur à de courts espaces réguliers,
Des plis à deux côtés ont la place aussi grande
Que l'intervalle entre eux; on croit voir une bande
D'étoffe, qu'on aurait mise là pour garnir,
Et qu'on ne dirait pas, des yeux, appartenir,
En trouvant son aspect indépendant, au reste,

Pourtant du ton pareil tout à fait de la veste
Au grand col rabattu. Collés sur ses mollets
Gigantesques, ses bas très gros sont violets.
Il paraît tout joyeux de voir la courbature
Du diable; il a la main passée à sa ceinture
Très lâche sur sa taille et large, jaune, en cuir.

Le diable malheureux et ployé semble fuir
Sous ce poids colossal et calme qui l'écrase;
Les reins cambrés, touchant à terre presque, il rase
De son ventre le sol, ayant l'air de marcher,
Une main en avant sur le large plancher
Du char; il tourne un peu vers la gauche sa tête
A qui des cornes d'or donnent un air de bête;
Il semble qu'il gémisse à l'effort qu'il lui faut
Faire, tournant ses yeux d'un air humble et penaud
Vers son vainqueur; sa bouche à la longue barbiche
Paraît grincer des dents; un énorme pois chiche
Se remarque au milieu du côté de son nez
Tout crochu, mince, grand et tombant, presque assez

Allongé pour qu'en bas son bout recourbé touche
A son menton crochu lui-même, si la bouche
En grinçant n'avait pas un suffisant écart.
Sous des sourcils qui font des pointes, son regard
Terne, dans le milieu, montre une tache bleue
A côté d'un point noir. Par derrière une queue
En étoffe traînant par terre sous son corps
Fait beaucoup de détours et va pendre en dehors
Du char qui maintenant ayant tourné s'éloigne.

Un pierrot saute après la queue; il ne l'empoigne
Que du bout des doigts, puis, retombe sans l'avoir
Descendue un peu plus.

*
* *

A gauche l'on peut voir
De la place à présent, où Roberte qui semble

Très contente se trouve, en ligne tout l'ensemble
Remuant et grouillant tout de son long, du quai
Saint-Jean-Baptiste. Alors Roberte au coup d'œil gai
Des masques et des chars venant à leur rencontre
S'arrête et, retenant Gaspard, elle lui montre
L'aspect du défilé général en disant :
« Regarde, on peut en voir une masse à présent. »
Au plein soleil l'ensemble à certains points miroite ;
Plusieurs chars espacés sur la ligne très droite
D'un bout à l'autre, et courbe un peu, du défilé
Sont séparés par tout un flot bariolé
De sujets plus petits. Une tête de vache
N'est déjà plus très loin, blanche avec une tache
Jaune et longue prenant tout le milieu du front ;
Parfois le char, glissant sans cahots, interrompt
Le bruit que l'on commence à pouvoir bien entendre,
De la grande clochette au gros son, qu'on voit pendre
A son cou, son anneau passé dans un collier
D'épais cuir noir. Plus loin un char en escalier
Scintille ; chaque marche est très large ; un grand nombre

De figurants, bougeant dans tous les sens, l'encombre.
Assis en haut, un grand et mince mannequin
En costume ordinaire à carreaux d'arlequin,
Une jambe croisée, est plein de nonchalance;
Bouche ouverte, il a l'air de chanter en silence
En tenant par le manche une guitare en bois
Grossier, et sur laquelle, immobiles, ses doigts
Semblent accompagner une muette aubade.
Un figurant, les mains sur la rampe, gambade
Des talons. L'arlequin a sur le front son loup
Relevé laissant voir ses sourcils.

*
*   *

                                    Tout à coup
Gaspard en pleine joue attrape une potée
Forte de confettis; encore à sa portée,

Un homme en capuchon et domino s'enfuit
Par derrière; Gaspard très vite le poursuit
Voulant diminuer l'écart qui les sépare
Avant de le frapper; en courant il prépare
Sa pelle dans son sac presque vide; il la sort
Pleine encore une fois, et sur l'homme, très fort,
Visant en même temps le plus juste possible
A l'endroit qu'il suppose être le plus sensible
Dans le cou, lance tout; aussitôt, malgré lui,
L'homme en ralentissant fait un mouvement qui
Fait plaisir à Gaspard voyant que la secousse
A bien produit l'effet qu'il voulait. Il rebrousse
Chemin, sans écouter derrière lui la voix
De l'homme qui lui dit : « Merci bien. » Cette fois
Il court pour retourner vers Roberte, moins vite;
Ici, passant un peu plus à gauche, il évite
Le corps, blanc de plâtras dans le dos, d'un gamin
Qui vient de s'étaler, juste sur son chemin
En travers, dans la foule, en se battant pour rire
Avec son compagnon qui maintenant le tire

Par les pieds, pour qu'il reste à terre; ils ont tous deux
Des masques sans couleur, transparents comme ceux
Qu'ont Gaspard et Roberte, avec rien qui recouvre
Leurs habits de voyous.

                Ensuite Gaspard s'ouvre
Avec assez de peine un passage au milieu
D'un groupe de gens verts qui se disent adieu;
Un gros à domino prend la main d'une femme
Au grand chapeau grotesque, en l'appelant Madame,
Et lui montre un chemin du bras, qu'il lui décrit
Pour qu'on puisse, dit-il se revoir; elle rit
Aux éclats sous son masque au lieu de lui répondre;
En lui disant, Madame, il vient de la confondre,
Ne réfléchissant pas au masque peint qu'elle a,
Avec une autre femme arrêtée aussi, là,
Ayant un gros chapeau tout pareil, impossible.
Le gros rit à son tour sous son masque impassible
Du même rose cru toujours; justement dans
La bouche rouge, en blanc, sont peintes quelques dents;

Il va vers l'autre femme au grand chapeau, qui cause,
Et s'arrêtant de rire il dit la même chose,
De nouveau lui parlant d'un endroit tout là-bas
Avec plusieurs chemins qu'il indique du bras
Et répète que c'est pour que l'on se retrouve;
La femme, en faisant oui de la tête, l'approuve.

Gaspard rejoint Roberte; elle attend, souriant,
Et lui demande alors s'il s'est montré brillant
Dans son coup, et s'il a tout de suite eu la chance
De pouvoir accomplir sans tarder sa vengeance;
Il lui fait voir au fond de son sac qu'il n'a plus
Du tout de confettis. Alors, irrésolus,
Ils regardent partout autour; lui, de la tête
Indiquant un marchand devant qui l'on s'arrête
Sous la première arcade, ici, du casino,
Ils vont de ce côté tous deux.

                         Sans domino
Une femme traverse en relevant sa jupe;

                                      6.

Elle court; inquiète, elle se préoccupe
Des confettis, tâchant d'avance de les voir;
Elle ne cesse avec tout ça d'en recevoir,
Tout le monde la prend pour but, quoi qu'elle fasse;
De la main elle tient un masque sur sa face
Laissant le caoutchouc tout à l'intérieur.
Un pierrot voulant lui causer une frayeur
S'arrête en la voyant passer et fait le geste
De préparer sa pelle: un instant son bras reste
Menaçant, immobile; en croyant le danger
Proche, la femme lève un bras pour protéger
Sa figure; toujours le pierrot la menace
Et cherchant tout de même à l'atteindre, finasse.
Il relève son bras puis le baisse, faisant
Semblant de la guetter avec soin, soi-disant
Pour la surprendre avec quelque moyen perfide;
Tout à coup il brandit très fort sa pelle vide
Et la vise; elle a fait un brusque soubresaut
En relevant son coude encore un peu plus haut;
Ensuite, en ne sentant rien, elle se hasarde

A le baisser avec lenteur; elle regarde
Le pierrot dont le masque à l'air stupide, aux yeux
Froids, se moque plus d'elle avec le sérieux
Ironique et le grand calme de sa figure,
Que ne pourrait le faire aucune vraie injure.

*
* *

Gaspard a pris le bras de Roberte en marchant;
Ils arrivent devant la table du marchand
De confettis; très grosse, une femme qui l'aide,
Avec sa jupe bleue et son jersey noir, laide
Et sale, a ses cheveux, en tas, dans un filet.
Le marchand est en bras de chemise, en gilet;
A ses manchettes, seul, un gros bouton de nacre
Est passé dans les deux fentes .

Tout blanc, un fiacre
S'arrête en se frottant au trottoir; le cocher
Est en domino jaune; il se met à chercher
Sous son siège une chose au fin fond de son coffre;
Il se lève sans rien avoir trouvé, puis offre
A Gaspard, pour le jour tout entier, pour dix francs,
Sa voiture, faisant valoir les coussins blancs
Ainsi que le dossier, tendus; Gaspard refuse
De la tête et dit non.

A deux pas, Roberte use
Déjà les confettis neufs dont son sac est plein;
En regardant Gaspard, un sourire malin
Égayant son visage, elle est en embuscade
Derrière le pilier de la première arcade
Au coin; elle se met tout de suite à couvert
Après avoir lancé.

Gaspard tient grand ouvert

Sur la table, à présent, son sac; le marchand verse
Dedans, des sacs en gros papier dont il disperse
Le contenu qui coule ainsi jusqu'au plâtras,
En formant sur la table, en pointe, un large tas
Reposant sur le sac en étoffe. La table
En bois blanc dont un pied, par ici, n'est pas stable,
Finit par basculer fatalement au poids
D'un nouveau sac versé; Gaspard, qui sent le bois
Du pied toucher le bord de sa semelle, l'ôte;
Le pied, tombant alors sur le sol même, saute
Une première fois à moitié, tout d'abord,
De sa hauteur d'avant, puis de moins en moins fort
Pour se poser enfin tout à fait.

                    Gaspard paie,
Après avoir tiré son vieux porte-monnaie
Assez péniblement d'une poche, en dessous
De son pierrot gênant ses mains, avec cent sous.
Le marchand examine et place dans sa bouche
La pièce en ne l'entrant qu'un peu, sans qu'elle touche

Ses lèvres, la serrant fortement dans ses dents.
Il sort beaucoup de sous d'une poche et, dedans,
Farfouille en y cherchant du doigt des pièces blanches;
Il en déniche; on voit s'écarter sur ses hanches
L'étoffe vieille, à plis, des poches dont il vient
De sortir à l'instant ses mains; elle se tient
Raide encore, gardant l'impression et bombe.
Son doigt pousse trop fort un gros sou noir qui tombe;
Il se baisse en fermant la main et le reprend;
Alors se rapprochant de Gaspard il lui rend
Sa monnaie.

      Un moment après Gaspard recule
En entraînant son sac, et la table bascule
De nouveau sur ses pieds en hésitant un peu.

Roberte continue, ici, toujours son jeu;
Elle vise quelqu'un, du pilier, puis se cache
Assez vite après ça pour que l'autre ne sache
Pas du tout, regardant tout autour, d'où ça part.

Elle vient d'échanger soudain avec Gaspard
Un coup d'œil, et tous deux se remettent en route
Côte à côte. A présent ils ont encore toute
La grande place du Casino devant eux.

*
* *

Un tout jeune pierrot, en faisant le boiteux,
Commence à se traîner près de Roberte; il masse,
Tout en marchant, sa cuisse, avec une grimace
Sous son masque, à travers lequel on voit aussi,
Sans peinture. Il fait voir son pied droit, raccourci,
Dit-il, par accident; il continue à feindre
Beaucoup d'infirmité; puis commençant à geindre,
Il fait à chaque pas : « Holà! » mais sans bagout
Comique ni gaieté; le faux accent surtout

Traînant et nasillard qu'il se donne est stupide

Et lourd, et son parler n'est pas assez rapide

Avec les mots venant mal, pour être amusant;

Gaspard lui dit : « Finis, veux-tu, ta soi-disant

Maladie et va-t'en au galop. » Il affirme

De nouveau qu'il est bien réellement infirme

Et pour le leur prouver montre son pied trop court.

Puis, partant tout à coup d'un rire bête, il court,

Semblant ne plus penser à sa jambe trop basse;

Sa manche qu'il agite est trop longue, et dépasse,

En leur faisant adieu, sur sa main, de beaucoup;

Il donne, après cela, sans raison, un grand coup

Des deux poings dans le dos d'un pierrot; il échappe

Au coup de pied que l'autre allonge, et qui n'attrape

Malgré la violence, en ne l'atteignant pas

Lui-même, que la blouse en relevant le bas,

Avec beaucoup de plis en courbes, de l'étoffe;

Le boiteux se retourne alors, puis apostrophe

Le pierrot, lui criant : « Parole, c'est assez

Réussi. » Des deux mains il fait un pied de nez

Sur son masque, puis file.

                     Un homme qui plaisante
Mieux que lui, s'approchant aimablement, présente
A Roberte, en marchant, un vieux sac de bonbons
En papier bleu de ciel, disant qu'ils sont très bons
Et tout frais de six mois et qu'il faut qu'elle en goûte
Au moins un; mais le sac bleu de ciel la dégoûte,
Tout sale et chiffonné, car il tire à sa fin;
Elle répond : « Merci beaucoup, je n'ai pas faim. »
Il retire le sac aussitôt et s'excuse
Mille fois, puis le tend à Gaspard qui refuse
A son tour; il lui dit qu'il a le plus grand tort;
Et plongeant ses deux doigts dans le sac, il en sort
Ensemble, tout collés, cinq ou six sucres d'orge;
Puis le sac refermé dans les doigts, à sa gorge
Avec son pouce il prend le bas du masque peint
Ridicule, qu'il a, toujours du même teint
Rose vif tout uni, qu'on voit à tout le monde;
Courte sur son menton, une barbiche blonde,

Et le haut de sa joue, à côté, dépourvu

De toute barbe, font un visage imprévu

Auquel on n'aurait pas pu songer à s'attendre,

On ne sait trop pourquoi, tout à l'heure, à l'entendre,

Quand on ne connaissait que le son de sa voix.

Tenant son masque en l'air, il avale à la fois

Les cinq ou six bonbons toujours collés qu'il croque;

Et bientôt il reprend le visage baroque

Du masque, qui paraît être bien mieux le sien;

Il croque sourdement, toujours, enfonçant bien

Le masque que sa barbe obstinément repousse;

La main droite levée, il se frotte le pouce

Et le deuxième doigt qu'il se sent tout poissés.

Malgré Gaspard qui rit en lui disant : « Assez,

Assez! » il recommence alors son bavardage

A Roberte. Il reprend : « Je suis encore d'âge,

Comme vous avez pu voir, à me marier, »

Ajoutant qu'il est beau, qu'il veut bien parier,

Avant six mois d'ici, que Roberte l'épouse;

Qu'ils iront tous les deux s'installer à Toulouse,

Où sa famille habite, et que pour tout le moins
Gaspard pourra venir être un de leurs témoins;
Que s'il est bien gentil, s'il assiste à leur noce,
Il pourra lui donner, après, dans son négoce,
Une part; qu'on aura bien de quoi le loger
Dans la boutique. « Car, dit-il, c'est horloger
Que je suis. » Il leur dit, en donnant l'orthographe,
Un nom invraisemblable et long. Puis il dégrafe
Sur sa poitrine un peu de son grand domino;
Soudain Roberte dit, lui voyant un anneau
Au quatrième doigt, qu'il oubliait sa femme
Et que, probablement, il veut être bigame;
Mais vite il lui répond que non, non, qu'il est veuf,
Et qu'il s'occupera de s'en avoir un neuf
Pour elle. « Je bannis pour toujours la mémoire
De l'autre, ajoute-t-il, car, vous pouvez m'en croire,
Elle était beaucoup moins douce qu'une brebis. »
Sa main a disparu, fouillant dans ses habits;
En attendant il parle à Roberte d'un proche
Parent à lui, très vieux; puis il sort d'une poche,

Après avoir remis dans une autre le sac

Bleu de ciel, au milieu d'un énorme tic-tac

Que l'on entend malgré le plein air, une montre

Très grosse, toute noire, en acier; il y montre

A Roberte, du doigt, prenant sur le pourtour,

Deux cadrans très petits, dont l'un marque le jour,

L'aiguille horizontale; à l'autre, on voit la date.

Il veut absolument que Roberte constate

Que le bout de l'aiguille est bien sur le mardi;

Elle dit : « En effet. » Il répond : « Tiens, pardi,

Ça n'a jamais bougé, c'est mon plus grand chef-d'œuvre,

Car c'est moi, vous savez, qui l'ai faite. » Il manœuvre

Un bouton très petit en le poussant avec

L'ongle de son index; l'aiguille d'un coup sec

Vient de sauter d'un cran, à présent elle marque

Mercredi; de son doigt il en fait la remarque,

Disant le mécanisme inouï, sans défaut.

Mais soudain il se sauve en s'écriant qu'il faut

Tout de suite cesser la fête, à l'instant même,

Qu'on est à mercredi, qu'on est dans le carême,

Qu'on s'est trompé d'un jour, qu'il va rester à jeun
Quarante jours, autant de nuits, et que chacun
Doit revenir chez soi pour se mettre en prière.
Roberte, retournant la tête par derrière,
Lui crie en souriant : « Adieu, mon fiancé. »

*
* *

Un maigre et grand pierrot auquel elle a lancé
Des confettis, croyant recevoir la riposte,
Au lieu de ça, s'avance auprès d'elle et l'accoste;
Il se met à la suivre en chantant sur un ton
Lent et prétentieux de voix de baryton;
Son masque sans couleur laisse voir ses gencives
Qu'il découvre en faisant des mines expressives,
Et secouant la tête avec des embarras,
Marquant chaque nuance en même temps des bras;

Il demande à Roberte, en enflant, de le suivre
En sa chaumière; il dit que son cœur las est ivre
De ses yeux bleus, si grands, si purs, dont les regards
Brillent comme du feu, puis comme des poignards;
Ensuite il parle très piano de ses charmes;
Mais à force d'enfler l'expression, des larmes
Finissent par mouiller tout le bord de ses yeux
Quand il dit que les longs accents mélodieux
De sa lyre sont vains; pour les sécher il cligne
Vite. Roberte, avec sa figure maligne,
Fait doucement la moue et sa tête dit « non »,
Lorsque après un grand son de tête sur « Ninon »
Il lui reprend : « Veux-tu me suivre en ma chaumière? »
En l'appelant : « Enfant aux cheveux de lumière. »
Il reparle bientôt de son regard divin
Qui lui réchauffe l'âme, et là, sur une fin
De phrase, assez longtemps, au milieu d'un grand geste
Des bras qu'il fait tomber à ses côtés, il reste,
Diminuant les mots : « pour goûter le bonheur. »
Il respire beaucoup et reprend en mineur,

Les sourcils relevés, d'une voix assourdie,
Avec précaution la même mélodie;
Quand il lui dit : « Enfant charmante aux yeux d'azur »
Roberte, en demandant s'il est vraiment bien sûr
De ne pas se tromper, tourne la tête et darde
Avec force, en riant, pendant qu'il la regarde,
Chantant toujours, ses yeux vers lui, faisant bien voir
De son doigt à quel point au contraire il est noir,
Ce regard si divin, ajoutant que sous l'ombre
Du voile il doit paraître encore bien plus sombre;
Mais l'autre, les sourcils levés, ne répond pas;
Il poursuit sa chanson et sur le mot « trépas »
Qu'auprès d'elle, dit-il, partout, toujours, il brave,
Il garde assez longtemps, et fort, un son très grave
Qu'il cherche à nuancer expressif et tremblant.
Pour s'en débarrasser, Roberte fait semblant
De vouloir préparer sa pelle à son adresse,
En disant : « Tu vas voir à quel point ta tendresse
Excessive est déjà réciproque, et combien
Mon amour est plus grand encore que le tien. »

Mais lui, sans s'émouvoir, lentement continue
Sa mélodie. Après l'ample note tenue
Sur « trépas » tout à l'heure, il a repris son air
En majeur. Tout à coup sur une note en l'air
Piano, qu'il a prise un peu trouble, de tête,
Roberte qui tenait toujours sa pelle prête,
Avec, sur le sommet de l'armature, un doigt,
Le manche comprimé déjà du pouce droit,
La lâche d'une main et, pour rire, se bouche
L'oreille en grimaçant d'un côté de la bouche
Pendant qu'elle fait : « Aïe ! » en fronçant un sourcil.
L'autre termine enfin. Il dit : « C'est pas gentil
De ne pas avoir mieux écouté ma romance. »
Il demande s'il faut qu'il la lui recommence
Pour qu'elle écoute mieux que ça cette fois-ci ;
Roberte lui répond : « Ah la la ! non, merci, »
Et qu'elle trouverait bien meilleur qu'il s'en aille
Sans adieux. Il se met à lui pincer la taille.
Mais Gaspard, qui depuis longtemps ne se contient
Qu'à regret, à cela, par exemple, intervient.

Il dit que ça suffit et qu'il serait bien aise
Que la plaisanterie, enfin, bonne ou mauvaise,
Cessât, car il commence à trouver agaçant
Qu'on l'accompagne ainsi, d'un ton bref et cassant;
L'autre fait un salut profond, plein d'ironie,
Et dit que, sa chanson d'amour étant finie,
Il va quitter, hélas! des gens si comme il faut.
Il parle en découvrant toujours ses dents d'en haut
S'entre-croisant beaucoup dans sa mâchoire étroite;
Il ajoute d'un air faux qu'il a l'âme droite
Et qu'il respectera désormais la vertu
De madame. Il s'éloigne en reprenant : « Veux-tu
Me suivre en ma chaumière ? » avec un ton encore
Plus poseur et la voix plus tremblante et sonore.
Sa chanson dans le bruit environnant se perd
A l'endroit piano qui vient.

*
* *

                              Là-bas, le vert
Domine, on ne sait pas pourquoi, comme nuance
Dans le flot de couleurs que fait une affluence
De masques rassemblés et formant un grand rond
Mouvant et murmurant que, sur la gauche, rompt
Avant sa fin, et droit complètement, la ligne
Des arcades ; Roberte, à Gaspard, fait un signe
Étonné, lui disant : « Je donnerais deux sous
Pour savoir ce que c'est. » Il lui montre en dessous
Se distinguant très bien par moments dans le centre
De la foule, à travers les pieds nombreux, le ventre
D'un cheval étalé par terre, dont les flancs
Battent vite. Debout sur un long char à bancs,
Une bande de gens suivent des yeux le drame
Qui les tient arrêtés. Chaque homme et chaque femme

A son costume fait dans une étoffe à fleurs
De mauvais goût, allant plutôt comme couleurs
Avec ce qu'il faudrait pour faire la tenture
D'une chambre; ils ont tous des masques à peinture.
Un homme ridicule avec son capuchon,
Une jambe debout, l'autre à califourchon
Sur un dossier, attend patiemment et cause
A côté d'une femme; on sait qu'il parle à cause
Seulement de ses bras, aux mouvements qu'il fait,
Et le masque impassible est toujours d'un effet
Drôle à côté du corps qui bouge. A sa mimique
On voit que l'homme oublie en parlant le comique
Que lui donne son masque à l'air silencieux
Justement incliné de travers, dont les yeux
Dans le vague, sont morts.

                Mais voici qu'on recule;
Les gens des premiers rangs poussent; l'on se bouscule,
C'est le cheval qui fait peur en se relevant
Lourdement sous de grands coups de fouet.

*
* *

                      En avant,
Assez loin, un nouveau grand char carnavalesque
Défile, allant de droite à gauche; un gigantesque
Soldat, les yeux moitié fermés, comme assoupi,
Tient un litre de vin énorme; son képi
A le fond de travers, cabossé; la visière
Sans reflets, toute mate est mise par derrière;
Roberte avec le doigt montre à Gaspard son nez
Rouge, nommant quelqu'un qui lui ressemble assez,
Dit-elle; le grand char lentement continue
A gauche; le soldat en petite tenue
Soutient le fond du litre avec le pantalon
Rouge semblant collé sur sa cuisse; un galon
Met sur sa manche bleue, en angle, un grand trait jaune.

De son air endormi, tranquillement il trône
Sur le bord d'un tonneau, semblant se trouver bien.

Affolé dans un grand bruit, un malheureux chien
Court de tous les côtés, perdu dans la cohue;
En le voyant passer on le suit, on le hue;
Courant après depuis quelque temps, deux petits
Pierrots lancent des mains, sur lui, des confettis;
Tout penaud, en courant, il tient basse sa queue
En panache qu'il serre; une ficelle bleue
Assez large qu'on voit, en travers, se plier
Dans sa longueur, lui fait un modeste collier
Comme ornement, elle a, du reste, l'air ancienne
Et chiffonnée. Il est d'une grosseur moyenne;
Avec sa tête longue on dirait un renard;
Quelqu'un lui crie : « Allons, dépêche-toi, traînard,
Ou je te prends, » pendant que très vite il se sauve,
Mais en changeant de sens tout le temps. Son poil fauve
Est long; il se rapproche à présent, à moitié
Ahuri, comme fou; Roberte en a pitié

Et l'appelle : « Viens donc, » avec une voix tendre,
En faisant de la main le geste de lui tendre
Quelque chose de bon dans le bout de ses doigts ;
Mais justement quelqu'un imitant des abois,
Baissé vers lui, dans ses oreilles, l'effarouche,
Et malgré les appels qu'en avançant la bouche
En rond, Roberte aspire, entrecoupés, il fuit
Loin.

     L'air de la chaumière en ce moment poursuit
Gaspard qui, sans penser, doucement le fredonne ;
Mais Roberte lui dit : « Ah çà, non ! je t'ordonne,
S'il te plaît, d'oublier pour toujours cet air-là. »
Il continue encore en souriant, pour la
Taquiner, quelque temps, puis finit par se taire
En toussant.

       Devant eux, des pieds poussent par terre,
La promenant avec de bizarres circuits
Et se la renvoyant l'un à l'autre, depuis

Pas mal de temps·déjà sans la perdre, une vieille
Armature de pelle en fer-blanc, et pareillle
A celle de Roberte; elle se traîne sans
Le long manche de bois qu'elle a perdu; les gens
Par chaque coup de pied qu'ils donnent, qui diffère
Comme direction pour chacun, lui font faire
Un chemin constamment différent et trompeur.
Roberte vient, pendant un instant, d'avoir peur,
Prise depuis longtemps de l'envie enfantine
De la pousser avec le bout de sa bottine
A son tour elle aussi, qu'elle ne vienne pas
Près d'elle; mais un choc la ramène à dix pas
En avant justement, sur la gauche; Roberte
S'en approche aussitôt; elle est toute couverte
D'une poussière blanche enlevant son éclat;
On voit à son métal écrasé, tout à plat
Même au fond à la place où l'on sent qu'est plus dure
Sa forme, ainsi qu'au large écart de la soudure
En angle qui depuis le bas ne rejoint plus,
Qu'on a dû bien des fois déjà marcher dessus.

Roberte, mal, lui donne un coup de sa semelle,
Et faisant quelques pas la retrouve comme elle
Était avant, tournant vers son pied le côté
Où se trouve le tube étroit du manche ôté;
Alors, en s'appliquant mieux, elle recommence,
Et la lance si fort qu'elle fait un immense
Trajet; en la voyant se glisser de travers
Sautillante et rapide encore, juste vers
Un groupe arrêté là depuis une minute,
Roberte, sans penser, instinctivement lutte,
Ses coudes resserrés, courbant en deux son corps,
Une jambe levée, et faisant des efforts
Avec une grimace énorme de la bouche,
Pour tâcher d'empêcher que la pelle les touche;
En la voyant sauter soudain sur un caillou
Elle serre plus fort encore son genou
Sur sa cuisse, montant son épaule à sa tête,
Les poings crispés; la pelle exactement s'arrête
Avant de se cogner derrière le talon
D'un des pierrots du groupe, en blanc, dont un galon

Bleu borde en bas la blouse; une grosse gamine
Du groupe aussi, la prend par terre et l'examine,
La tournant dans ses mains, puis la plante debout,
L'enfonçant par le tube encore rond, au bout
De son cinquième doigt qui lui fait comme un manche;
Après, prenant un pli de sa robe, elle penche
Avec son doigt la pelle en avant comme pour
Lui faire dire à tous ceux qui passent : bonjour;
Pendant ce temps, tirant sa robe, elle salue
Elle-même, toujours ensemble. Elle est joufflue,
Et sous son masque sans couleur un voile bleu
Lui couvre la figure. Elle change de jeu,
S'accroupit sur ses pieds, et par terre ramasse
Dans le creux de sa main du plâtras qu'elle tasse
Dans l'intérieur tout cassé, tout aplati
De la pelle; trouvant, entier, un confetti
Qui fait sortir un peu dans le plâtras, intacte,
Sa boule minuscule et dure, elle contracte,
Après avoir entré le confetti dedans,
Levant pendant cela son regard sur les gens,

Son pouce qui devient blanc, contre la phalange
Du milieu, de l'index. Ensuite elle mélange
La poussière obtenue entre ses doigts ainsi,
Dans la pelle, avec tout le plâtras fin aussi.
Après elle remet la pelle toute droite,
Et la poudre formant une cascade étroite
Bombée, aérienne et transparente, part
Lentement, en passant par le bas de l'écart,
Juste à l'angle à partir **duquel elle s'amasse**
En pente douce unie.

*
* *

                Une femme dépasse,
Grande et forte, Roberte, en la touchant de près,
Et même la cognant du coude, comme exprès ;
Mais elle se retourne aussitôt et s'excuse,
En disant que vraiment elle est toute confuse,

Avec l'accent anglais, sur un ton larmoyant.

Son masque est sans couleur, et Roberte en voyant

Son teint rasé, découvre alors que c'est un homme.

Il marche à côté d'elle en disant qu'il se nomme

Depuis le jour de sa naissance, Antonia,

Qu'il est danseuse; alors prenant son tibia

Dans sa main droite il met sa main gauche très haute,

En dressant son poignet à chaque pas, et saute

Pendant quinze ou vingt pas de suite à cloche-pied

Sans poser du tout l'autre à terre, ainsi qu'il sied,

Dit-il, à son métier de première danseuse!

Il se montre, en disant d'une grande faiseuse,

Sa robe qu'il s'est fait envoyer de Paris,

Nommant très fort, mais comme à son oreille, un prix

Ridiculement gros à Roberte; sa jupe,

Bien trop large pour lui, dont il se préoccupe,

Plein d'affectation, ayant soin que le bas

Qu'il relève à deux mains ne se salisse pas,

Dure, avec des reflets, est faite d'une espèce

D'étoffe qu'il prétend valoir au moins par pièce

Mille francs, toute noire, avec d'énormes pois
Rouges rayés en large; il parle de son poids
Et, prenant un grand pli dans sa main, il la donne
A peser à Roberte, et dit : « C'est de la bonne
Qualité, n'est-ce pas? » Puis il montre l'effet
Gracieux de son beau corsage en pointe, fait
D'une étoffe tout autre en gros lainage mauve.
Roberte en regardant lui dit qu'il est donc chauve,
D'avoir cette perruque impossible, à bandeaux,
Dont les cheveux frisés lui tombent dans le dos;
Mais il s'écrie avec son accent qu'on l'insulte
Horriblement, que c'est sa chevelure inculte
Qu'il porte, en la laissant friser au naturel;
Et que du reste il n'a rien qui ne soit réel,
En frappant à ces mots sur sa poitrine énorme
Que le coup fait bouger en dérangeant la forme;
Puis il dit, se cambrant, que tout le monde sait
Qu'il n'est aucunement serré dans son corset.
Un masque lui criant en passant : « Hé! la blonde! »
Il fait une figure en long et pudibonde

Qu'il détourne, et levant vers l'imposteur sa main,
Immobile, il reprend qu'assurément demain
Il se verra forcé d'envoyer son corsage
Pour toute une semaine au moins au dégraissage
Tellement on le pince à la taille aujourd'hui.

Gaspard espère bien se dépêtrer de lui,
Agacé de ce long bavardage insipide,
En faisant sans rien dire un tournant très rapide,
Puisqu'on arrive au bout, vers les nouveaux jardins :
Il fait signe à Roberte ; ils font trois pas soudains
A droite ; Antonia pleurniche qu'on le laisse
Et qu'on ne le prend donc que pour une drôlesse ;
Puis en se décidant, il court et les rejoint.
Il dit, toujours avec l'accent, qu'il ne peut point
Rester seulette ainsi, qu'on voudrait le séduire
Et qu'ils devraient tous deux aller le reconduire
A travers tous ces gens, chez lui, là-haut, là-haut,
Au cinquième, voulant retrouver au plus tôt,
Pour la tranquilliser sur lui, sa pauvre mère

Qui doit être inquiète, appelant « ma commère »
Roberte, en pleurnichant qu'il n'a plus de soutien.
Hélas! Roberte dit : « Ecoutez, je veux bien
Vous ramener chez vous, et je serais ravie
D'y rester un peu, mais, comme j'ai très envie
D'avoir votre perruque, en lissant ce bandeau
Mieux, il faudra qu'après vous m'en fassiez cadeau. »
Ajoutant qu'elle voit bien qu'il ne s'y résigne
Qu'à regret. Mais alors, comme avant, il s'indigne
Et crie à l'infamie en déclarant qu'on peut,
Du reste, incontinent constater si l'on veut,
En promenant son doigt simplement dans la raie
Des bandeaux, que c'est bien, sans contredit, sa vraie
Peau. Roberte prétend qu'il a les cheveux bruns
En dessous, et pour voir, lui tire quelques-uns
Des blonds; mais il se met à hurler qu'on lui tire
Ses beaux cheveux frisés, qu'il souffre le martyre.
Appuyant sur plusieurs endroits endoloris
La paume de sa main; et jusque dans les cris
De douleur insensés et déchirants qu'il pousse,

Il imite l'accent anglais. Puis il retrousse
Sa jupe des deux mains au-dessus du genou.
Et se met à s'enfuir en avant comme un fou,
En projetant exprès ses pieds dans la poussière :
Des dents de broderie économe et grossière
Ornent en bas son propre et large pantalon :
Il se retourne et dit qu'il court jusqu'à Toulon,
Voulant vérifier par lui-même les chiffres
Kilométriques.

*
* *

Là, plusieurs joueurs de fifres,
En costume marin fantaisie, et tout blanc,
Sont debout côte à côte et droits sur un seul rang,
A l'avant d'un grand char en forme de galère :
La coque, avec de faux hublots, est toute claire :

De larges zigzags d'or sur un fond bleu de ciel.

Espacés sur le grand pont artificiel,

Des sortes de marins dansent la matelote;

Ils ont le mollet rose avec une culotte

Bleu clair; leur blouse blanche a dans le dos un col

Carré de matelot; ils frappent sur le sol

En même temps avec la semelle, et leurs gestes

Se font toujours assez ensemble, quoique lestes;

Des femmes avec eux sont mises à peu près

Pareil : culotte bleue et bas roses proprets,

Grand col semblable au dos des mêmes blouses blanches

Qui, serrant à leur taille, exagèrent les hanches;

Mais au lieu des toquets qu'ont tous leurs compagnons,

Des bonnets de coton bleus cachent leurs chignons.

Devant, le haut d'un corps de femme fait la proue.

A l'arrière, tenant la gigantesque roue

Fixe d'un gouvernail, un immense homard

Avec de vagues traits humains, l'air goguenard,

Semble, serrant ses deux grandes pinces d'un rouge

Vif, diriger la roue en frime qui ne bouge

Pas. Un des matelots se penchant hors du pont,
La main à son oreille, écoute, puis répond,
Sans pouvoir dans le bruit pointu se faire entendre,
Aux questions d'un homme en domino vert tendre ;
Il répète sa phrase une deuxième fois,
Encadrant de ses mains sa bouche, en porte-voix ;
On l'entend dans le bruit qui scande : « Je m'en moque
Comme de l'an quarante. » A moitié de la coque
Qui semble s'y plonger tout du long, un rebord
Large d'un demi-mètre et tout uni ressort
En imitant la mer, avec un peu de mousse
Par-ci par-là. Sans rien faire, une femme en mousse,
En culotte, en tricot et bonnet de coton
Rayés, appuie au fond de sa main son menton,
Le coude à son genou, l'autre main à la taille,
Le pied au bastingage, en l'air ; puis elle bâille
Longtemps ; en finissant elle frotte la peau
De sa figure avec sa main. Un long drapeau
Tricolore frissonne aux cahots, à l'arrière.
Joyeux, sur la musique entraînante et guerrière

Des fifres, des pierrots et des femmes, en bas,
Marchent par rangs de cinq ou six, marquant le pas
Avec le sérieux de leur masque à l'air bête.
Roberte marque un peu le rythme avec la tête,
Puis regardant Gaspard qui lui demande si
Elle ne se sent pas fatiguée, elle aussi
Fait répéter la phrase au milieu du vacarme;
Elle répond : « Non, non, pas du tout. »

                    *
                 *   *

                                        Un gendarme,
Dont la tête en carton qu'on voit rire très fort,
A le cou tout roidi, fait faire sans effort,
Du bras, des moulinets rapides à la fausse
Lame terne de son grand sabre. Avec sa grosse
Moustache et son gros nez, on l'a fait le plus laid
Possible; de la main gauche, par le collet

Il soulève, tout flasque, une espèce d'alphonse
Semblant tout en chiffons, dont la casquette enfonce
Cachant complètement les yeux, au nez, et dont
Les jambes et les bras, comme désossés, vont
Et viennent en tous sens; la figure s'affaisse
En avant; le gendarme, en ce moment, le laisse,
En abaissant le bras, toucher des pieds le sol;
Du collet par lequel il le tient, sort un col
Blanc, en linge empesé, très large, dont les pointes
S'arrondissent devant, hautes et très disjointes.
Le gendarme relève, après ce court repos,
Son bras, puis il se tourne en tous sens; dans le dos
Allant bien, en drap bleu foncé de l'uniforme,
On lit, sur un fond blanc, en écriture énorme
Et violette : « Je soutiens un souteneur. »
En passant, de son air d'intense bonne humeur,
Il menace en riant l'alphonse avec son sabre.

Un cheval, recevant des confettis, se cabre
Et recule, malgré toute la volonté

Du cavalier lâchant la bride; il est monté
Par un gendarme aussi; toute la cavalcade,
A côté, représente une étrange brigade
De gendarmes ayant de différents faux nez.
Le cheval dont les flancs saignent, éperonnés,
Se cabre encore haut par moments et recule;
En le voyant venir, du monde se bouscule.
Sur deux coups d'éperon, plus violent il part,
Après s'être lancé de côté d'un écart,
En avant, au galop; le gendarme lui scie
Alors la bouche avec sa bride raccourcie
Le plus possible, raide et tendue, et qu'il tient
A pleines mains, les poings serrés fort. Il parvient
A l'arrêter; Roberte, alors, dit : « Il est brave. »
Le cheval, essoufflé, reste immobile et bave,
Et bientôt plus calmé, retourne au petit trot
Vers les autres, faisant écarter un pierrot
Arrêté; de la main le gendarme à l'épaule
Le caresse en tapant doucement; son nez drôle
Retroussé comme avec un air spirituel

Aux narines d'un noir d'espace, sous lequel
Pend, noire, une moustache avec une barbiche,
A, sur un des côtés, un horrible pois chiche;
La moustache, qu'on sent mal collée au carton,
Et la barbiche, ont l'air d'être comme en coton.
L'aspect farceur et gai du nez retroussé jure
Avec le sérieux calme de la figure,
Et surtout n'était pas tout à l'heure en rapport
Avec l'œil attentif, occupé, sous l'effort
Qu'il faisait constamment dans le moment critique.

Un Anglais colossal et mince, flegmatique,
A grands favoris blonds, habillé d'un ulster
Boutonné sur deux rangs, à carreaux, jaune clair,
Marche, malgré son air calme, d'un pas allègre;
Il ressemble au long juge et paraît aussi maigre,
Semblant n'avoir pour corps qu'un grand porte-manteau
Au bout duquel sa tête est mise; un écriteau
D'une grande écriture un peu moindre que celle
Du gendarme, remue aux bouts d'une ficelle

8.

Que deux nœuds font tenir dans deux trous, mise autour
Du cou; les lettres sont en découpage, à jour,
Sur l'étoffe; en voyant sa figure idiote,
Gaspard, en riant, dit : « C'est un compatriote,
Si j'en crois son accent de notre Antonia. »
Roberte rit : « C'est juste. »

                    Une victoria
Marche dans le parcours, au dedans, toute blanche;
Un enfant, sur le siège, en se tournant se penche
Vers l'intérieur, puis de la tête fait oui,
Et se remet de face; il est tout enfoui
Dans une collerette un peu trop grande et dure,
Rouge et noire, en pierrot rouge. Dans la voiture,
A gauche d'une femme, un homme, en pierrot tout
Rouge aussi, se levant un peu, se met debout;
Puis il pose une jambe au marchepied, et garde
L'autre à l'intérieur; il se penche et regarde
Comme pour découvrir quelque chose en avant;
Il se retourne et parle à la femme, souvent,

Pour reporter après, au loin, le regard terne
De son masque; il se tient auprès de la lanterne,
Au court tuyau de fer justement tout tordu,
Avec la main; son bras, solidement tendu,
Frémit aux chocs de la voiture qui cahote;
Sa main gauche s'agrippe au coin de la capote;
Il a la collerette en tulle rouge et noir
Tout pareil à celui de l'enfant. Pour mieux voir
Et reposer son bras gauche, à présent il lâche
Le coin de la capote, et le bras ballant tâche
De se pencher encore un peu plus en dehors;
Il fait plier plus bas, de nouveau, les ressorts;
On voit toujours qu'il cherche, en avant, quelque chose;
Il retourne la tête, en ce moment, et cause,
En faisant, cette fois, des gestes de son bras,
Avec la femme assise et qui ne bouge pas;
Pendant qu'il parle ainsi, son masque imperturbable
Garde son imbécile expression, semblable,
Avec son rose cru qui veut faire la peau;
On voit trois boutons noirs larges sur son chapeau

Rouge. Son sac s'écarte, en bougeant, de son ventre,
Pendant à son épaule. Enfin, pourtant, il rentre,
Laissant se rehausser un peu le marchepied ;
Puis, lâchant aussi la lanterne, il se rassied,
Et fait encore « non » plusieurs fois de la tête
A la femme à côté, dont le masque à l'air bête
Porte, peints sur le front, quelques frisons hideux,
Très fins, avec beaucoup d'espace au milieu d'eux ;
Roberte, en les voyant, ne peut pas ne pas rire
Soudain, et de son doigt se met à les décrire
A Gaspard, tout distrait, qui ne les a pas vus,
Dessinant de l'index leurs crochets peu touffus,
En en riant toujours, sur le haut de son masque.

Assez loin d'eux, là-bas, marche, coiffé d'un casque
Continuant sa tête en carton, un pompier ;
Le casque est presque terne, imité d'un papier
Doré mat, simplement. Dans la main il balance,
En grinçant, le tenant nonchalamment par l'anse,
Et sans précaution, un assez large seau ;

Il se baisse parfois, puis à quelque ruisseau
Imaginaire semble un peu l'emplir par terre ;
Après, levant les bras haut, il s'y désaltère
A la bouche en carton par laquelle il y voit ;
Semblant vider le seau, jusqu'au fond il le boit ;
Puis l'abaisse en gardant une bouche entr'ouverte,
Et le replonge au soi-disant ruisseau. Roberte,
Trop loin pour pouvoir bien lire sur l'écriteau,
En le voyant toujours qui ramasse cette eau,
Ne comprend pas du tout le sens ; il continue
A boire.

*
* *

Tous deux vont entrer dans l'avenue
Des Phocéens, d'où sort le défilé, nombreux
Et différent ; à droite, ils laissent derrière eux

La place parcourue, immense, qui fourmille
De masques remuants.

                     Là, toute une famille
Installée en ayant mis bout à bout plusieurs
Tables, vend, en criant que ce sont les meilleurs,
Des confettis; la voix d'une femme domine;
Par devant, accroupie à terre, une gamine
Puise entre ses genoux, avec sa pelle, au fond
D'un très grand sac de toile à moitié vide, dont
Les bords sont enroulés tout autour; de sa pelle,
Elle remplit après un sac en papier qu'elle
Tient dans son autre main par le fond, dont les bords
Sont complètement droits, pas chiffonnés; son corps
Semble maigre et chétif; un peigne bleu turquoise,
Formant un demi-rond, relève à la chinoise,
Réguliers et serrés devant, ses cheveux roux;
Par moments secouant quelque geste, une toux
Lui part, sans étonner de son aspect étique;
Plat mais entortillé par endroits, l'élastique

Usé qui fait tenir son masque transparent

En grille sans couleur non plus et bombé, rend

Derrière, la rondeur de ses cheveux plus lisse;

Un de ses bas épais, d'un bleu plutôt clair, glisse,

Mal tiré, tout rayé de plis; un large trou

S'ouvre sur le côté du bas gauche, par où

L'on voit se détacher un endroit de peau pâle.

La femme dont la voix domine, dans un châle

Noir, un peu déchiré par devant, dont les coins

Croisés sont épinglés à la taille, a les poings

Pareillement posés tous les deux sur les hanches,

Où le dessus des doigts a mis des taches blanches

De plâtras; elle cherche à trouver des clients

Au passage, en parlant. Près d'elle deux pliants

Sont posés l'un sur l'autre, ouverts, l'étoffe contre

L'étoffe que celui du dessus seul ne montre

Qu'à l'envers en dressant, là sans vernis, en l'air

Le sommet de ses pieds en bois d'un jaune clair;

Leur taille exactement pareille les rend stables.

En passant à côté de la suite des tables,

Roberte fait aller sa tête plusieurs fois
Dans les deux sens, voulant dire « non » à la voix
De la femme qui fait voir avec insistance
Sa marchandise, et dit qu'avant peu de distance,
En se battant encore, elle se trouverait
A court sans en avoir un, et qu'elle devrait
Acheter un de ces beaux sacs de papier jaune
Pas cher.

Un homme arrive en demandant l'aumône,
Tendant avec la main gauche un vieux chapeau mou
Tout défoncé, couvert de taches; son genou,
Avec un pantalon plein de reprises, porte
Plié tout droit, le pied en l'air, sur une sorte
De jambe de bois, ronde en haut et mince en bas;
Son chapeau, de la taille ordinaire, n'est pas
Fait pour aller avec sa tête colossale
En carton, dont la face est répugnante et sale;
En travers un épais et large bandeau noir,
Comme si de son œil peint il pouvait y voir

En trichant, par dessous, tout de même, s'écarte
Un peu sur son grand nez de juif; une pancarte
Pend comme un écriteau passé de mendiant
Par devant, avec : « Mon dernier expédient »
Signé par une main qui saurait mal écrire
D'un nom depuis longtemps célèbre et qui fait rire
Des gens se le montrant du doigt. Tout en lambeaux,
Ses habits ont pourtant l'air d'avoir été beaux
Autrefois, conservant comme une vague trace
D'élégance et de coupe en dessous de leur crasse.
Quand il passe à côté de Gaspard, il lui tend
Le bras, en secouant son chapeau dégoûtant
Comme pour implorer; mais Gaspard l'interpelle,
Et tenant justement toute prête sa pelle
Il dit : « Ce sont les deux rôles intervertis »
Pendant qu'il verse vite un tas de confettis
Lourd dans l'intérieur tout cabossé du feutre
Sans coiffe, en ajoutant qu'au moins il n'est pas pleutre
Comme lui, que d'ailleurs maintenant qu'il le tient
Pour de bon cette fois enfin, il le prévient

Qu'il s'en va sans gâcher le temps le faire prendre
Et coffrer, et qu'alors il faudra bien lui rendre
D'une façon quelconque, avec les intérêts
Qu'on fera calculer pour cela tout exprès
Par des gens du métier, les deux billets de mille
Qu'il a perdus par lui juste avant qu'il ne file,
Et qu'on l'obligera du reste à marcher droit
Quand il sera sous clef dans un cachot étroit
Et sans aucun espoir de fuite qui le berce;
Mais l'autre sans répondre à tout cela renverse
Son chapeau, secouant pour bien jeter dehors
Tous les confettis; puis il en frotte les bords
Autour avec sa manche, en haussant les épaules,
Sans paraître penser du tout aux choses drôles
De sa figure sale avec son gros bandeau;
Gaspard reprend : « Si tu n'aimes pas mon cadeau,
J'enverrai ton habit chez une teinturière
Et je paierai la note à la place. »

*
* *

Derrière
Roberte, marche un homme étrangement couvert
D'un domino rosâtre et d'un capuchon vert
Qui semblent accouplés ensemble par mégarde;
Il la dépasse, à gauche, un peu, puis la regarde
De côté fixement quelques instants, des yeux
Froids de son masque peint drôle et silencieux,
Ayant au front aussi des frisons ridicules
Espacés, terminés par des crocs minuscules.
Soudain il dit pardi, bien sûr, qu'il la connaît,
En regardant toujours Roberte, et que ce n'est
Pas la première fois, ça non, qu'il la rencontre;
Puis faisant faire un tour à son doigt il lui montre
Son masque rose et rond, en lui demandant si

Elle de son côté croit le remettre aussi;
Roberte lui répond qu'en effet, que peut-être
Elle pense à présent vraiment le reconnaître;
Il la prie en levant la main d'attendre un peu,
Car en cherchant il tient à lui dire, parbleu,
Lui-même, sans secours, comment elle se nomme;
Lui s'appelle César; il se déclare un homme
Vraiment de premier ordre et des plus comme il faut:
« Mais malheureusement, je n'ai qu'un seul défaut,
Ajoute-t-il, c'est d'être infiniment modeste, »
Affirmant qu'avant tout dans la vie il déteste
Chez lui bien plus que chez tous les autres, le moi,
Qu'il met tout son bonheur dans le divin émoi
Que le regard de deux beaux yeux noirs lui procure,
Même sous le rideau d'une voilette obscure;
En terminant il a mis une intention
Très forte dans le ton et dans l'inflexion
De sa voix qu'il a faite étrange et maniérée
En donnant à son corps toute une simagrée,
Se dandinant un peu. Quelquefois, de tout près,

Roberte dans le noir peut entrevoir ses traits
Véritables, très peu visibles, qu'on devine
Par derrière à travers la trame peinte et fine
En fils de fer du masque; il lui semble qu'il a
Les regards enfoncés plus loin, très au delà
De ceux du masque, avec même fait pour la bouche,
Et que son nez pointu, mince et très long, seul touche
Dans l'autre nez très plat et large de contour;
Mais presque tout de suite, avec un autre jour,
C'est la première face, en dessus, féminine,
Qui redevient opaque et de nouveau domine.

Il lui fait remarquer qu'excepté la couleur
Avec aussi, peut-être, une plus grande ampleur
De taille, leur costume après tout est le même;
Il se prétend ravi du hasard, disant : « J'aime
Moins la forme épaissie et flottante du mien,
Je le voudrais serré mieux, allant aussi bien
Que le vôtre, à la taille. » Ensuite il lui demande
Si véritablement elle se sent gourmande

Depuis qu'elle reçoit partout des confettis ;
Racontant que lui-même il a des appétits
Pour ces variétés de pastilles de menthe,
Tout à fait inouïs, et qu'il ne s'alimente,
Les arrosant d'un vin quelconque, rien qu'avec
Eux, en les écrasant sur un peu de pain sec,
Mangeant ainsi depuis midi de l'avant-veille.
Il se frotte en disant : « Je m'en trouve à merveille,
Et ma femme, que vous vous rappelez, prétend
Qu'elle ne m'a jamais connu si bien portant. »
Maintenant il s'informe avec inquiétude,
En parlant du grand air, de la similitude
Qui lui prend tant de temps toujours de ses frisons,
Assurant qu'il ressent sur son front les frissons
Continuels de ses cheveux au moindre souffle.

Un char représentant une immense pantoufle
S'approche avec beaucoup de musique. Un fond bleu
Foncé porte devant, comme ornement, un peu
D'un mélange de deux couleurs qui la varie.

Le tout semble imiter une tapisserie
Bien faite soi-disant, sur un monumental
Canevas; une boucle imitant du métal
Est cousue au milieu d'une très grande patte;
La semelle a très peu de talon, presque plate
Et fine par rapport à la taille.

César,
En montrant de la main à Roberte le char
Qui vient avec le faux reflet blanc métallique
De la boucle sans faire illusion, explique
Que depuis quelque temps la pauvre Cendrillon,
En se voyant pousser au pied un durillon,
Avait dû tout à coup augmenter sa pointure,
Et que ce soulier n'est que la miniature
Du sien, qu'il tient ce fait vrai de son essayeur
Lui-même. Sur un banc long, à l'intérieur
Du soulier, circulaire autour, une rangée
De joueurs avec leur archet, est mélangée
Partout d'un homme puis d'une femme, vêtus

En tziganes; leur veste, à brandebourgs pointus,
Noirs, faisant des dessins courbés, est toute rouge.
Sur leur tête un bonnet mis sur l'oreille, où bouge
Un gland, forme le même alignement partout.
Au fond, un mannequin gigantesque debout,
Vêtu pareil avec sur sa veste hongroise,
Devant, tout un fouillis de brandebourgs qui croise,
Une culotte bleue et le bonnet, a l'air
De diriger l'orchestre; il tient son bras en l'air
Sans bouger en serrant une longue baguette,
Noire, étroite, en bois peint, que personne ne guette.
Sa culotte qu'on voit ressortir de très peu
Sur le bord du soulier est très claire, d'un bleu
Ciel, visible à travers les têtes, clair et tendre;
Il a l'air de pencher l'oreille pour entendre
Mieux. César faisant voir à Roberte le gland
De son bonnet hongrois, observe qu'il est grand
Comme ceux des plus gros cordons de ses sonnettes;
Puis, sérieusement que, trêve de sornettes,
Cet orchestre est vraiment bien mauvais à son gré,

Qu'on ne sent pas d'ensemble en écoutant, malgré
Tout le mal très sincère, il est vrai, que se donne
Le chef là-haut; alors en marchant il fredonne,
En battant de son bras comme avec un bâton
Le rythme; il dit : « Voyez, c'est faux comme un jeton,
Ça ne peut m'échapper, moi qui suis virtuose. »
Il se met à parler des choses qu'il compose,
Une cantate en sol, des fragments d'opéra,
Un scherzo pour hautbois et flûte, et cætera :
« Je m'y connais très bien, vous pouvez être sûre
Que s'ils sont alignés tous dans cette chaussure,
C'est que l'orchestre joue en effet comme un pied. »
Approuvant cet endroit, du reste qui lui sied
Fort bien, en s'expliquant lui-même sans pancarte
D'aucun genre. Gaspard, pour tâcher qu'il s'écarte,
Lui dit avec le bras levé que justement
La musique du char s'arrête en ce moment,
Et que puisqu'il prétend être assez fort pour rendre
L'ensemble plus parfait, il devrait aller prendre
La place et le bâton défectueux du chef.

9.

Mais César lui répond sur un ton sec et bref
Qu'il ne le connaît pas, que, ma parole, il semble
Le prendre pour quelqu'un d'autre qui lui ressemble,
Lequel autre ne doit certes pas être mal ;
Qu'il croyait cependant être assez peu banal
De tête pour ne pas avoir un seul sosie
Si parfait, en Europe, en Afrique, en Asie
Pas plus qu'en Amérique, et qu'il voit, désormais,
Qu'il lui faudra, s'il tient à ce que plus jamais
Il ne puisse arriver une chose pareille,
S'attacher un grelot sonore à chaque oreille,
Plus une cloche à gros battant au bout du nez,
Et que si tout cela n'est pas encore assez,
Il vissera sur sa grosse caisse une paire
De cymbales, sortant toujours avec pour faire
Encore plus de bruit et qu'on sache de loin,
Avant même qu'il ait déjà tourné le coin
De la rue et qu'il soit visible, qu'il arrive ;
Qu'il sera même bon avec ça qu'il s'écrive
Sur les mains, sur le front et sur le nez, son nom

En français, allemand et anglais, car sinon
Il pourrait exposer sa femme à l'adultère,
Si l'autre est comme lui, beau. Pour le faire taire,
Lui demandant s'il va parler jusqu'à demain
Matin sans arrêter, Roberte, de sa main
Qu'elle applique dessus, feint de fermer la bouche
Du masque; mais il crie au meurtre, qu'on lui bouche
La respiration, qu'on vienne, qu'on commet
Un assassinat; puis bruyamment il se met
A répéter un bruit de baisers, disant vite
Entre chacun, en bouts de phrases, qu'il profite
Quand même de la chose, et qu'en grand amoureux
Il est content s'il meurt en lui baisant le creux
De la main; que sa peau fine et rosée embaume,
Qu'il ne sait pas s'il rêve et que, près de la paume
A peine dessinée, en long, elle a surtout
Une fossette plus douce, que son sang bout,
Que tout son corps frissonne et que son cœur tressaute
A se rompre; Roberte en lui faisant: « Chut! » ôte
Sa main, puis sans penser elle l'ouvre un peu voir

Et regarde partout la paume pour savoir
Si pour de bon elle a la soi-disant fossette.

*
* *

Une femme au milieu du cortège époussète
Avec un plumeau rouge et vert un gros poupon
Nègre; elle est habillée en matin; son jupon
Laisse voir des bas blancs et noirs; sa camisole
Flotte; sa grande tête en carton se désole.
Au milieu, les deux bouts de ses sourcils en l'air
Et l'angoisse de ses regards lui donnent l'air
D'implorer en passant tous ceux qu'elle rencontre;
Quelquefois, s'arrêtant de frotter, elle montre
L'enfant de tous côtés comme pour faire voir
Avec terreur dans la foule qu'il est tout noir,

Puis dans ses bras le berce un instant pour qu'il dorme ;
Il a, très en avant, une bouche difforme
Faisant deux bourrelets d'un rouge vif, lippus,
Montrant de grandes dents, et les cheveux crépus
Avec, pris dans le nez, un anneau d'or immense ;
La femme en le tenant d'une main recommence,
Sur tout son corps, en long, en large, à le frotter
Vite, de son plumeau, semblant vouloir ôter
Avec entêtement et désespoir la couche
Noire dont il est fait tout entier, sauf la bouche.
Un écriteau sur son corsage est en hauteur ;
On y lit : « Le nouveau-né dénonciateur »
Entrecoupé sur cinq lignes, serrant ses lettres
D'imprimerie, en long de plusieurs centimètres.
Quand elle est assez près pour qu'il lise, César
Dit que c'est très bien fait à son humble avis, car
Lorsqu'on avait connu d'un peu trop près un nègre,
Il fallait s'arranger après pour rester maigre ;
Que son air repentant ne saurait amoindrir
Sa faute, et ne pourra jamais, lui, l'attendrir,

Qu'après tout elle n'a que ce qu'elle mérite,

Qu'il reste impitoyable et qu'il la déshérite

Et la renie au nom de sa famille pour

Le déshonneur public que son hideux amour

A rejeté sur eux tous, car Roberte ignore

Peut-être, l'ayant vu si peu de temps encore,

Qu'il n'est autre que son propre frère jumeau.

L'homme avec le très long manche de son plumeau,

Pendant que César dit : « Foule-toi donc la rate,

Voilà ce qu'elle fait au lieu de frotter, » gratte,

Le relevant avec plusieurs rides, son front,

En passant par la bouche ouverte presque en rond

Et grande, accentuant l'expression amère

De la tête. César dit : « Hélas ! pauvre mère,

Elle est à plaindre, c'est pour toujours qu'elle part. »

La femme recommence à frotter le poupard,

Tenant le manche par le bout; quand il la croise

César se détournant dit : « Arrière, Françoise !

Je ne veux plus te voir, oh ! je te reconnais

Parfaitement, mais c'est fini nous deux, tu n'es

Plus ma sœur. » Ajoutant qu'il ne veut pour jumelle
Que d'une femme honnête et non d'une comme elle
Qui foule ses serments aux pieds.

*
* *

                              A cet endroit
La route fait à gauche un angle presque droit;
César en s'écriant : « Dieu que c'est beau ! » fait halte,
Puis arrêtant Roberte avec la main, s'exalte,
Lui faisant admirer par des gestes l'effet
Splendide, magnifique et sublime que fait
Dans son flot de couleurs diverses cette foule
De masques ressortant tout au fond sur la houle
Si bleue et si jolie et calme de la mer.
Puis il repart, disant avec un geste amer

Qu'il était tout à fait né pour être un artiste

Et que certainement en le faisant dentiste

Les siens s'étaient trompés complètement de but;

Que s'il avait l'argent pour s'acheter un luth,

Au lieu de regarder toujours quelque mâchoire

Il ferait des rondeaux et des chansons à boire.

« Si vous tenez vraiment à me faire un cadeau,

C'est un luth qu'il faudra me donner. »

                                   Un landau

Blanc à l'intérieur, traîné par une paire

De chevaux gris, s'approche; une femme pour faire

La place à deux pierrots installés dans le fond

Est assise dans la capote même. Ils vont

Au pas. Le cocher a comme eux tous un costume

Avec un masque peint vert; mais l'on s'accoutume

A la fin à les voir tous sur le siège ainsi

Costumés et masqués. Sur le devant aussi

Une femme est assise en l'air entre deux hommes

En pierrot. César dit qu'ils sont bien économes

De leurs confettis tous ces gens-là, que, parbleu,

Dans un petit moment on va bien voir un peu

S'ils entendent garder tout pour sucrer leur tasse

De café; puis entrant ses mains dedans, il tasse

Dans son sac en levant de ses doigts l'autre coin

Les confettis d'un seul côté; puis avec soin

Après l'avoir emplie, il en tire sa pelle

Et, quand le landau passe, à voix sourde il appelle

La femme assise en haut derrière : « Ohé! là-bas. »

Elle tourne la tête, il dit : « Non, bouge pas.

Ah! tu vas voir, attends un peu que je te guette. »

Puis ayant l'air de la viser très dur, il jette

Ses confettis de bas en haut, fort, de façon

A les faire tomber après tout droit sur son

Capuchon; ayant vu sa menace, elle appuie

Avec crainte sa main sur sa joue et la pluie

Douce qu'elle reçoit la surprend; à son tour

Elle enfonce, en tassant tout dans un seul coin pour

La remplir mieux, sa pelle entre son sac, puis lance

Ses confettis avec le plus de violence

Et de précision directe qu'elle peut

Dans sa position de travers ; le tout pleut

Par derrière, pendant qu'il s'en va, sur la tête

De César qui s'écrie : « Oh ! mais quelle tempête,

Jamais on n'aurait cru qu'il tomberait de l'eau

Cette après-midi, car il faisait vraiment beau

Tout à l'heure. » Il raconte à présent à Roberte

Que cette demoiselle a pour petit nom : Berthe,

Qu'il la connaît très bien et lui dit : « tu », qu'il est

Impossible de voir quelque chose de laid

Comme elle et que de plus elle est toute petiote,

Que surtout elle a l'air tout à fait idiote,

Avec cette figure inepte, ce regard

Stupide et cette bouche ayant toujours l'écart

D'un sourire imbécile et qu'on ne saurait rendre

Soi-même, à ce point-là niais, feignant de prendre

Son masque peint pour son vrai visage.

*
* *

Là-bas,

Une tête en carton est cahotée au pas
Un peu dansant et très sec de l'homme qui bouge
Les bras en se tournant. Elle a le nez très rouge
Et très gros, comme avec des narines gonflant;
L'homme fait de son bras gauche un geste plus lent
Et large que de l'autre avec lequel il semble
S'éventer; maintenant, de tous les deux ensemble
Il s'évente; bientôt le gauche de nouveau
Fait son grand geste. On lit : « Enrhumé du cerveau »
Sur un large écriteau qui cache sa poitrine,
Tout sur la même ligne, en gros. Chaque narine
Forme un trou noir, profond, qui semble à jour. Il est
Habillé de façon voyante, d'un complet
Jaune clair à carreaux compliqués, symétriques,
Réunissant un tas de couleurs excentriques;

Il a des gants très clairs, jaune citron, en peau ;
Entré dans le ruban de son vaste chapeau
De paille, un écriteau réglé pour qu'on écrive
Droit, porte, comme fait à la plume : « J'arrive
De Paris ».

   César, lui, demande un paletot
De fourrure et plusieurs cache-nez, aussitôt
Qu'il en est assez près pour lire la pancarte ;
Puis en se donnant l'air d'avoir peur, il s'écarte
Avec, dit-il, un grand soin, de la région
Où l'on pourrait avoir de la contagion ;
Car un vieil oncle auquel, il doit dire, il n'emprunte
Jamais, a jadis eu sa grand'mère défunte
D'un gros rhume, ajoutant qu'il ne veut pas, merci,
Mourir comme cela, qu'il croit sentir d'ici,
Par la bouche toujours entr'ouverte, l'haleine
De la tête en carton, brûlante et toute pleine
De principes mauvais, et que s'il s'en allait,
Il ferait trop de peine au monde, car il est

Aimé de tant de gens ! Qu'en tout cas, s'il succombe,

Il faudra que Roberte aille couvrir sa tombe

Tous les jours, pour le moins deux ou trois fois, de fleurs

Et, naturellement, l'inonder de ses pleurs ;

Qu'il trouverait très bien, même, qu'elle s'enterre,

Se donnant par chagrin une mort volontaire,

Dans son propre tombeau, juste à côté de lui,

En souvenir de leur rencontre d'aujourd'hui,

Avec défense pour toujours qu'on les exhume

Jusqu'à la fin du monde.

                  A peine l'homme au rhume

Est-il passé de l'air alerte d'un gandin,

Que César, comme s'il avait pris mal soudain,

Demandant à Roberte un mouchoir, éternue

Plusieurs fois, lui disant qu'il l'avait prévenue

Et que c'est bien fini, qu'il a l'impression

Douloureuse d'avoir pris une fluxion

De poitrine ; qu'hélas ! c'était sa destinée,

Voilà tout, qui voulait qu'il parte cette année,

Qu'il se sent cette fois pour tout de bon perdu,
Que c'est le châtiment dès longtemps attendu,
Sévère, c'est certain, mais juste, de ses fautes,
Qu'il sera courageux; puis il se tient les côtes
Pendant qu'il éternue encore plusieurs fois
Exprès, en prolongeant ensuite avec la voix
Tous les éternuements sur une note aiguë.

*
* *

En avant maintenant, très grand et très en vue,
Le rémouleur s'avance avec tout son même air
Attentif, se penchant sur sa meule; la mer
De sa ligne bleuâtre à l'horizon arrive
Pour l'œil jusqu'à son cou plié; plus bas la rive
Le traverse à mi-corps. César pense qu'il a
Justement dans le fond de cette poche-là
Un couteau dont le bout de la lime se rouille,

Et qu'il va le donner à ce brave homme; il fouille
Ses habits en ouvrant un peu son domino;
Mais il ôte sa main, se traitant d'étourneau,
Disant que ce serait vraiment bien inutile
De vouloir s'occuper d'un sujet si futile,
Du moment qu'il est si sûr et certain qu'il doit
Mourir; que pas un ongle, à présent, d'un seul doigt,
N'aurait le temps de croître assez pour qu'il le lime.
Il parle de l'état d'âme grand et sublime
De l'homme pur qui sait qu'il va bientôt mourir
Et monter au ciel, puis se met à discourir
Sur l'immortalité, l'existence future,
La résurrection de chaque créature
Au jugement dernier... Soudain il s'interrompt
Pour éternuer fort en se tenant le front;
Il dit : « Ah! là, mon Dieu! mon Dieu! » puis il renifle
En faisant des efforts, prétendant que ça siffle
Et disant : « N'est-ce pas? » quoiqu'on n'entende rien
Du tout, pour faire voir à Roberte combien
Déjà, malgré le temps si doux, son nez s'obstrue.

*
* *

Le grand rémouleur tourne à droite dans la rue
Saint-François de Paule, où l'on voit tourner aussi,
Se croisant avec lui pour venir par ici,
Le flot toujours nouveau du cortège. Un gros homme
En sort en ce moment même; on lit : « Ça m'assomme »,
Écrit sur un fond blanc carré, semblant en peau,
Et collé par-devant sur son large chapeau
Haut de forme; à deux mains il tient ouvert un livre
Énorme, avec au centre un grand fermoir en cuivre;
Du côté gauche, à droite, assez gros, le bouton
Du fermoir est brillant, en boule. Le menton
De la tête est tiré très en bas et la bouche,
Les lèvres retroussant, grande ouverte, se touche

Presque, en long, en baillant. L'exagération
Ridicule qu'on voit à son expression,
Sur le premier moment, presque toujours fait rire ;
Le texte est à l'envers, il a l'air de s'écrire
Rien que pour le regard, pas en lettres. Parfois
L'homme lève le livre un peu, malgré son poids,
Pour lire, mais bientôt il semble qu'il succombe
A l'ennui de nouveau ; le livre alors retombe
A l'envers ; par moments il le ferme et d'un bras
Il s'étire, pendant qu'un doigt dedans, en bas
Il tient dans le bon sens le livre ; un large titre
Estropié, célèbre, avec « premier chapitre ».
En dessous, est écrit en lettres d'or, très gros,
Visible d'assez loin encore, sur le dos,
Qu'une longue balafre en travers égratigne.
César dit : « Quel crétin ! quel serin ! » Il s'indigne
En révélant qu'il fut le collaborateur,
Sans que personne l'ait jamais su, de l'auteur ;
Il dit : « Cet homme est un idiot, il faut croire
Qu'il s'est réellement décroché la mâchoire ;

S'il n'aime pas cela, c'est qu'il n'y comprend rien ;
S'il était seulement un peu grammairien
Il verrait la beauté, la richesse du style. »
Ajoutant que, voilà, la langue est trop subtile
Pour dire quelque chose à ce gros homme-là,
Qui ne doit s'occuper qu'à manger, que s'il a
Par rapport à sa taille une si grosse tête,
Cela ne prouve rien, et qu'il peut être bête
Quand même ; que, du reste, à sa figure on voit
Tout de suite qu'il est stupide, que ce doit
Être tout simplement un pauvre hydrocéphale,
Et qu'en pitié de lui maintenant il ravale
Sa rancune.

   Gaspard, qui s'est pas mal battu
Depuis quelque temps, dit à Roberte : « Veux-tu
Partager avec moi ce qui te reste encore
De confettis ? » Roberte, en disant qu'elle ignore
Ce qu'elle en a, lui tend son sac ouvert ; Gaspard
Y puise pour y prendre à peu près moitié part,

Ressortant chaque fois sa pelle toute pleine
Entre les bords; tous trois n'avancent plus qu'à peine;
César de nouveau, seul, se pâme sur l'effet
De la mer. Puis Gaspard s'arrête tout à fait,
Le partage fini, juste devant la rue
Saint-François-de-Paule, et se tourne.

                      Un âne rue
En entrant, puis trottine un peu; car, au tournant,
C'est l'analcade des Anglaises maintenant
Qui passe; un homme a son ombrelle trop ouverte
Retournée; un, plus loin, a sous sa robe verte
Un morceau de plissé qui pend.

*
* *

                    Toujours près d'eux
César en ce moment leur demande à tous deux

S'ils vont dans cette rue au milieu d'un tumulte
Pareil; disant, pour lui, que plus il se consulte
Et plus il a peur d'être en dix pas enfoui
Sous tous ces confettis; mais Roberte dit : « Oui,
J'y vais. » Il dit que c'est eux que cela regarde,
Qu'en ce cas il s'éloigne et qu'elle prenne garde,
Car un monde semblable est vraiment dangereux,
Qu'on peut être étouffé, qu'il en tremble pour eux
Très fort; qu'en tous les cas, avant qu'on ne se quitte
Peut-être pour toujours, hélas! tellement vite
Il veut de tout son cœur leur faire ses adieux;
Que si malgré son rhume il devenait très vieux,
Il ne les oublierait jamais et qu'il s'excuse
S'il leur a trop parlé, car parfois on l'accuse
Dans sa famille d'être à certains jours bavard;
Qu'il faut venir chez lui le voir au boulevard
Carabacel, que c'est de la sorte qu'on prouve
L'estime que l'on a pour quelqu'un, qu'on le trouve
Toujours en redingote en velours le jeudi
Dans son plus beau salon toute l'après-midi;

Il tient à donner à Roberte une poignée
De main, répétant, qu'elle une fois éloignée
Ou qu'elle soit sur mer, sur terre, au pôle nord,
Son esprit la suivra toujours jusqu'à sa mort
A lui-même, qu'il croit décidément très proche;
Que du reste il n'a pas de fiel, qu'il ne reproche
Rien à l'homme enrhumé, qu'il ne cherchera pas
A lui donner, avant de mourir, le trépas,
Qu'il a beaucoup trop peur du purgatoire. Il pousse
Un soupir sanglotant et très long; puis il tousse
Chétivement et part en chantant : « Mardi-gras,
T'en vas pas. » Il se tourne en étendant le bras
Et reparle de la fidélité qu'il jure
De leur garder; mais juste en plein dans la figure
Il reçoit, se taisant avec un soubresaut,
Des confettis; il dit : « Holà! ça m'a fait chaud
Dans tout le corps, j'en ai mal jusque dans la plante
Des pieds; je n'ai jamais reçu si violente
Secousse. »

*
* *

Des enfants habillés tout en gris
Avec sur leurs cheveux des têtes de souris
Débouchent de la rue; un cordon les attache
Entre eux, rouge et très large; ils ont une moustache
Faite de quelques crins seulement, grise aussi,
Qui leur colle; leur ventre est d'un gris éclairci,
Ils ont des souliers gris et des bas gris. Un homme
En gros chat les précède; il tient le cordon comme
Si de force il voulait les traîner; il a l'air
Féroce avec des yeux en verre, brun très clair,
Et ses dents qu'il découvre avec la bouche ouverte
Toute grande; on lui voit la patte gauche inerte
Sans bras, tandis que l'autre a le bras droit dedans.
Tout le temps il se tourne en leur montrant les dents;

Le premier des enfants en avant est tout frêle;
Ils sont une dizaine et marchent pêle-mêle
Se tournant en tous sens, tantôt à reculons,
Tantôt droit, se cognant parfois sur les talons.

Roberte en ce moment tourne la tête à droite;
Semblant juste tenir dans la largeur étroite
Du long pont du Paillon qui paraît presque à sec
D'ici, l'énorme char du cuisinier, avec
Sa musique que l'on entend à peine, passe.
Juste, de la marmite au couvercle, un espace
Reste en ce moment même en laissant voir un peu
En longueur et toujours plus mince le ciel bleu;
Le bras du cuisinier au bout d'un instant tombe
Tout à fait, recouvrant du couvercle qui bombe
Les marmitons déjà disparus dans le bas
Du grand récipient.

*
* *

　　　　　Gaspard prend par le bras
Roberte et quand il voit un passage il l'entraîne
Vite. Roberte lit : « J'en aurai la migraine »
Sur le dos d'un vieillard à cheveux blancs qui vient
De passer avec sa grosse tête et qui tient
En la montrant partout une très grande ardoise ;
En avant elle voit : « Revenant de Pontoise »
Au dos d'un autre, mais très vite, assez loin d'eux
Déjà ; pour le moment ils passent, tous les deux
Courant un peu, devant un jardinier qui fauche,
Puis reprennent leur pas tranquille. Ils sont à gauche
De la rue. Encombrant une fenêtre au coin
De droite, un groupe fait un bruit de voix, pas loin
De l'angle de la rue où « Saint François de Paule »

Se lit en noir.

       Leur pied tout le temps carambole
Sans le vouloir, en les poussant à chaque pas,
Des confettis encore entiers, qui ne sont pas
Ecrasés, récemment lancés et dont la boule
Inégale, légère et raboteuse roule
En déviant, sautant et se cognant, très mal.

Un homme crie, après un sursaut : « Animal ! »
En se tournant vers un pierrot qui par la bouche
Chantante de sa tête en carton dont il louche
Vient de lui jeter des confettis dans les yeux ;
Le pierrot s'arrêtant dit : « Espèce de vieux
Mirliton, tâche donc t'enlever ta pommade
Avant de t'en aller donner ta sérénade,
Tu seras bien plus beau, » faisant allusion,
En regardant la tête, à la cohésion
Par longues mèches qu'a la chevelure rare
Et très foncée, ainsi qu'à la longue guitare

Que l'autre tient avec ses gestes de vieux beau
A la taille sanglée; un énorme bobo
Se gonfle, dégoûtant, au milieu de sa joue
Très pâle; de sa main droite on dirait qu'il joue
Sur sa guitare pour s'accompagner, faisant
Aussi remuer sa main gauche, soi-disant,
Sur les tiges de bois qui remplacent de vraies
Cordes, semblant choisir parmi toutes les raies
Peintes pour indiquer sur le manche où l'on doit
Pour donner tel ou tel son appuyer le doigt;
L'espace parallèle et noir qui les écarte
A l'aigu devient plus étroit; une pancarte
Tombe sur son plastron de chemise avec : « Au
Clair de la lune » sur les quelques notes « do
Do do ré mi », faisant ensuite trois ou quatre
Mesures que Roberte en chantant vient de battre
Avec le doigt; devant, une ample clé de sol
Se recourbe beaucoup; touchant presque le sol
Par derrière, les deux pans de son habit rouge
Sont pointus; aux cahots du pas leur pointe bouge;

Un médaillon brillant pend hors de son gilet
Blanc de soirée, ouvert en rond; sur son mollet
Gauche au bas blanc en soie, un papillon tremblote
Semblant solidement enfoncé; sa culotte
Noire brille; un gamin lui crie : « Ils sont bossus
Tes mollets. »

        Des pierrots, tout là-bas, bras dessus
Bras dessous, chantent tous fort : « Auprès de ma blonde »
Assez vite sur l'air connu de tout le monde;
Un d'eux soudain le chante une octave plus haut
En fausset dominant les autres voix; il faut,
Là, qu'ils se mettent sur une file à la suite
Du premier qui paraît avoir pris la conduite
De la bande et qui les fait passer au milieu
D'un groupe qui causait, en criant : « Sacredieu!
Vous ne savez donc pas encore qu'on circule,
Vous, hein? » Toute la bande en courant se bouscule,
Puis, une fois sortis, ils marchent tous de front
De nouveau. Tout à coup ils se mettent en rond

Et tournent enfermant dans leur cercle une grosse
Femme en domino rouge et vert foncé qui hausse
Les épaules, prenant un gros air mécontent;
Elle croise les bras et toute rouge attend,
Immobile, ayant l'air de rager, qu'on la laisse
S'en aller; puis voulant essayer, elle baisse
La tête, pour tâcher de passer sous deux bras;
Les pierrots aussitôt mettent leur main plus bas
Devant sa tête, afin d'empêcher qu'elle sorte;
Elle ressaye en vain; sa figure très forte
De face, a cependant un assez fin profil;
Le groupe recommence éternellement : « Qu'il
Fait bon, fait bon, fait bon, » sur la phrase pareille
Toujours plus fort; la femme en se bouchant l'oreille
Grimace avec les yeux; chaque fois pour finir
Ils disent sans changer rien : « Qu'il fait bon dormir.»
A la fin, au moment où la phrase s'achève
Justement sur « dormir » un d'eux s'arrête et lève
Le bras, laissant passer la femme par-dessous;
Puis ils repartent tous vite, comme des fous,

En chantant de nouveau fort, sous la ressemblance
De leurs masques tous peints, pareils. Roberte lance
Des confettis, voulant surtout viser l'un d'eux,
Un maigre tout en blanc; elle en attrape deux
Dans la figure, étant, là, pas mal éloignée
Encore d'eux; le blanc lui donne une poignée
De main malgré sa pelle, en lui disant : « Merci, »
Ajoutant que c'était vraiment très réussi.

*
* *

A droite, par devant, maintenant la fiole
De pharmacie a l'air tout à fait d'une folle
En dansant avec des allures de dondon;
On voit se démener, au bout de son cordon
Rouge, le grand cachet semblant en cire; à chaque
Tour qu'elle fait, on voit, dans le bleu très opaque

Du faux verre, tourner tout un endroit plus clair
Imitant un reflet immobile.

                    D'en l'air
Roberte en regardant le grand flacon, essuie,
Assez forte et semblant la viser, une pluie
De confettis; bientôt elle lève les yeux,
Et voit à la fenêtre, au premier, un joyeux
Couple qui la regarde; ils ont tous deux pour masques,
Complètement fermés, des espèces de casques
Comme ils devaient en prendre, eux, d'après le conseil
De Gaspard tout d'abord, en treillis tout pareil
Au leur, mais protégeant, derrière aussi, la tête
Jusqu'aux épaules, tout fermés.

                        Roberte apprête
Sa pelle, puis retient, toujours au même endroit
Tout en haut, l'armature avec son second doigt
Gauche tout cramponné; maintenant elle pousse
Le manche en bois, en sens opposé, de son pouce

Droit, dont le bout est par la pression pâli
Sous son ongle taillé très en pointe et poli;
Le manche se recourbe un peu, flexible et souple;
Roberte, la figure en l'air, vise le couple;
La femme se retire en arrière en levant
Son coude qu'elle met peureusement devant
Sa figure et ses yeux; l'homme reste impassible;
Roberte lance alors le plus juste possible,
Se dressant un peu sur les pieds, ses confettis;
Ils touchent assez bien; certains sont ressortis
En se cognant sur la garniture ouvragée
En fer, représentant des fleurs sur la rangée
Assez serrée et très nombreuse des barreaux;
D'autres, en se tapant sur l'envers des carreaux
Tout grands ouverts, ont fait comme une pétarade;
Sur le dessus en bois noir de la balustrade
Un est près de tomber tout au bord de l'appui;
L'homme, immobile, en a pas mal reçu sur lui;
Quelques-uns ont donné dans la large surface
Que présente son masque au-dessus de sa face;

La femme, reculée assez tôt, n'a rien eu.

Gaspard qui s'en allait toujours est revenu
Vers Roberte; il attend qu'elle arrive et rarrange,
Y mettant les deux mains, sa collerette orange;
Il y glisse son doigt, lentement, tout autour
En l'écartant pas mal de son cou comme pour
La casser et s'y mettre un peu mieux à son aise;
Roberte, en revenant auprès de lui soupèse
Son sac à peu près vide entièrement, disant
Qu'il faut les ménager un peu plus à présent
Et qu'elle en tous les cas compte en être économe,
Car on ne voit aucun marchand en vue.

                                        Un homme
A la tête de femme expressive en carton,
A sur le bout du nez un énorme bouton.
Sa figure est un peu, vers la droite, inclinée.
Il est vêtu jusqu'aux pieds d'une matinée
Dont l'étoffe est jaunâtre avec partout des fleurs;

Il fait tourner, avec le geste des coiffeurs,

Un fer soi-disant chaud par une de ses branches

Qui par le bout qu'on tient en main sont toutes blanches,

Surtout auprès du bout opposé qui, tout noir,

A les traces de la flamme; sous son peignoir

Agrafé par devant sur un rang, une fausse

Poitrine bombe large, exagérée et grosse;

Très espacés et bien visibles sur son front,

De grands frisons font tous un assez large rond

Irrégulier, chacun dans une papillote

En gros papier jaunâtre, épais, qui l'emmaillote

Sans serrer, en donnant complètement l'effet

De n'avoir rien dedans; la femme en marchant fait

Un tour sur elle-même; on voit la faveur bleue

Attachant d'un nœud mince, en bas, la courte queue

De sa coiffure faite en hâte, du matin;

Les cheveux, en coton quelconque, sont châtain

Foncé; l'homme fait voir partout, dans sa main gauche

Un écriteau de toile et dont le sens s'ébauche

Pour Roberte, déjà, bien qu'encore assez loin,

Quand elle cherche à voir les lettres avec soin ;
Ce sont des lignes très courtes, d'une écriture
Penchée, et prétendant, à la température
Excessive qu'il fait toujours dans le Midi,
Que le fer ne sera jamais plus refroidi
Si longtemps qu'on le tourne ; en arrivant à lire
Tout, Roberte se met, ouvrant la bouche, à rire,
En découvrant ses dents du dessus, faisant « ho »
Sur un ton grave, et montre à Gaspard l'écriteau ;
Il cherche tout d'abord, puis le trouvant il cligne
Les yeux, mais ne comprend que la première ligne ;
Roberte, en regardant une seconde fois,
Le lit alors d'un bout à l'autre, à haute voix,
Sans peine maintenant que l'homme se rapproche,
Puis regarde Gaspard en disant : « Hein ? » Lui hoche
Affirmativement la tête, en souriant.

Par terre quelque chose attire l'œil, brillant
Au milieu du plâtras sale, comme une espèce
De pourtour rond, rayé ; c'est le haut d'une pièce

De dix sous qui dépasse, enfoncée à demi,
Montrant son côté face un peu penché, parmi
La poudre dans laquelle elle entre toute droite ;
Gaspard la voit ; avec la pointe maladroite
De son pied il la touche un peu, pour la ravoir,
Mais la renfonce ; ensuite il ne peut plus la voir,
L'entrant de plus en plus ; à gauche un voyou passe ;
Il l'appelle et lui montre avec le pied l'espace
A fouiller, lui disant qu'il doit trouver dix sous
S'il cherche avec ses doigts comme il faut, là-dessous,
Qu'il est sûr qu'ils sont là, que la couche est épaisse
Et que s'il tient à les empocher, il se baisse ;
Alors l'interrogeant sur l'endroit, le gamin
En s'appuyant sur son genou, de l'autre main
Avec son second doigt allongé, raide, fouille,
En remuant la poudre ; ensuite il s'agenouille
Sur une seule jambe, assis sur son talon,
Cherchant toujours avec le doigt ; son pantalon
Effiloché d'en bas, reprisé, partout sale,
Montre une déchirure en angle, colossale,

Par laquelle ressort, très plié, son genou

Écorché; dégoûtant aussi, son chapeau mou

Dont les bords sont baissés, est tout couvert de taches

Blanches de confettis; son masque a des moustaches

Larges, se relevant, peintes pas très en noir

Sur le rose toujours très vif, et l'on peut voir,

Quand il se baisse plus, un peu de sa figure

Du côté gauche, avec sa joue assez obscure

Sous le masque où l'on plonge en regardant; il est,

Par ce qu'on peut juger du peu qu'on en voit, laid,

Avec un peu, déjà, de favori précoce

Sur sa joue assez creuse et qui forme une bosse

Pas mal saillante avec son os très prononcé;

Tout l'obscurcissement qui s'étale, foncé,

Sur sa peau, provenant de son masque, remue

A tous ses mouvements; quelqu'un dans la cohue

Venant de le cogner tout à coup assez fort,

Il relève la tête et touche avec le bord

De son chapeau la jambe en gros pantalon rouge

D'un pierrot qui, poussé par un autre, ne bouge

Plus; la pièce se trouve enfin dans un endroit
Dont plusieurs fois déjà le gamin, de son doigt,
Venait de s'approcher; il se lève et regarde
La pièce, puis Gaspard, qui dit oui, qu'il la garde,
Qu'il aille s'amuser beaucoup avec; il dit
Qu'avec la pièce même et, de plus, le crédit
Qu'après il aura, grâce aux cinquante centimes,
Il va pouvoir payer à ses amis intimes
En allant au prochain grand restaurant, un bock
Pour trinquer avec eux; mais tout à coup un choc
Qu'il reçoit dans le dos tout en parlant, lui coupe
La voix d'un hoquet; c'est quelqu'un qui vers un groupe
Arrêté, qui lui fait des signaux de bras, court;
Puis le voyou s'en va.

* *
* *

Là-bas, de son pas lourd

Et titubant, marchant à droite dans la foule,

Le pochard au chapeau haut de forme se soûle

Toujours; des confettis bougent dans les rebords

Du chapeau; sous sa tête immobile, son corps,

Au contraire, dans tous les sens tourne et chancelle;

Il vient de mettre son cruchon sous son aisselle,

Il se frotte le ventre en des airs satisfaits,

Sans cesser de marcher de travers; ses effets

De soirée ont partout de fortes taches blanches

De confettis, bien plus qu'avant, surtout aux manches.

Il marche pas mal vite, en somme; à chaque instant

Il se tourne de tous côtés d'un air content,

Comme s'il désirait que tout le monde voie

Sa face épanouie et respirant la joie,

Avec sa bouche ouverte et son regard très gai;

L'écriteau de son dos a sur deux lignes : « J'ai

Dîné dans le grand monde ». A présent il empoigne

Au milieu, de nouveau, son cruchon et s'éloigne

En dépassant Gaspard et Roberte qui vont

Toujours à gauche dans l'encombrement que font

Les masques sur les deux longs côtés de la rue.

En passant on entend la voix lente et bourrue
D'un homme dire avec mauvaise humeur : « Ben quoi!
Est-ce que je vous ai jamais redit ça, moi?
Il ne faudra bientôt plus vous parler, ma chère! »
On voit alors au seuil d'une porte cochère,
Une femme en jersey noir dans lequel le gras
Qu'on devine enfonçant et mou de ses gros bras
Se moule; justement très vite elle les croise;
Avec des mouvements de la tête elle toise
L'homme qui lui parlait, en disant : « Voyez-vous
Ce malhonnête-là! C'est drôle, est-ce que nous
Sommes venus pour lui demander quelque chose?
Il faut toujours qu'il vienne écouter quand on cause;
Franchement, c'est trop fort; est-ce qu'on le forçait
A se planter derrière à ne rien dire? C'est
Vrai. » Puis elle se tait en haussant les épaules;
En se parlant ainsi durement ils sont drôles,
Avec les masques peints, impassibles qu'ils ont,

Exactement pareils pour tous les deux. Ce sont

Plusieurs gens ayant l'air de la maison, en groupe;

Une bonne, avec un tablier que découpe

En bas une rangée inégale de dents,

Est assise sur un tabouret, les mains dans

Les larges poches du tablier; elle écoute

La grosse femme en noir qui maintenant ajoute,

Rassise et s'appuyant sur le dossier craquant

De sa chaise qu'elle a mise plus devant : « Quand

On devrait bien savoir qu'on a l'air aussi bête,

Avec un nez pareil au milieu de sa tête,

Et des yeux aussi clairs que ça tout ahuris,

Sans compter un fouillis pareil de favoris,

On se tait. » L'homme alors lui répond : « Et les vôtres

De favoris, vous les croyez jolis? » Les autres

Se mettent tous à rire en entendant cela;

L'homme enchanté de son succès dit : « Ah! la la. »

La bonne, en se penchant sur son tabouret, pouffe;

Roberte, en regardant toujours, voit une touffe

Derrière, sous le bord de son masque qui fait

Comme un favori court à la femme, en effet;
En passant on entend encore une minute
Continuer, toujours lentement, la dispute.

Là-bas s'avance tout un rang de cure-dents
Immenses; devant eux encore, un homme, dans
Une sorte de râpe à sucre énorme, approche;
Simulant le cordon par lequel on l'accroche
Une corde très grosse, en haut, faisant un nœud
Se compliquant et très drôle, mais dont on peut
Facilement, par sa grosseur même, comprendre
L'enlacement, traverse un trou pour aller pendre,
Assez raide et tendu presque droit par le poids
Du nœud, sur le côté du grand manche de bois
Qui continue, en la surmontant, une espèce
De planchette en longueur, immense et très épaisse,
S'appliquant presque juste, en dépassant, au dos
De l'homme qui, mêlé dans l'ensemble, a l'air gros;
Mais on voit que son corps a beaucoup de place entre
La planche et le fer-blanc arrondi, même au ventre;

La plaque, par devant, imitant du métal
Bon marché, fait assez bien, en monumental,
Le fer-blanc où l'on râpe; en laissant une marge
Pleine à côté du bois, à distance assez large
L'un de l'autre, des trous très grands montrent leurs bords
Rugueux, irréguliers, retournés en dehors;
La figure de l'homme est seule qui dépasse
Sans rien qui la protège, au-dessus de l'espace
Plein, sans trous, assez haut, du soi-disant fer-blanc,
Laissé comme une bande avant le premier rang
Des larges trous; en haut, de face, sur le manche,
En noir sur la couleur jaunâtre presque blanche,
Est écrit en travers et très lisiblement,
En sorte d'imprimé peint : « Le bon placement ».
Les lettres soudent mal, comme sur une caisse
D'emballage; Roberte, en les lisant, dit : « Qu'est-ce
Que cette râpe à sucre effrayante peut bien
Vouloir dire ? » Gaspard répond : « Peut-être rien. »
Mais Roberte, cherchant toujours, des yeux la guette;
L'homme fait quelque pas de dos; une étiquette

Aussi très grande, avec un encadrement bleu,
Est collée en arrière, en haut du manche, un peu
De travers, ressemblant en grand à toutes celles
Qui sont sur des objets, portant le prix sur elles;
On lit sur celle-là : « Magasin de fer-blanc »,
Puis plus bas, assez gros, en écriture : « Un franc
Dix, pour gagner un prix de cent francs ».

                          Après l'homme
Viennent les cure-dents, marchant en file comme
S'ils étaient attachés du premier à la fin;
Le bout s'effile en haut sans devenir très fin;
Quelques-uns en ont deux mis l'un sur l'autre, doubles,
Qui les font voir dessous, eux, encore plus troubles;
Sous l'arrondissement opaque ils sont vêtus
De maillots bleus, aux cols empesés, rabattus;
Leur perruque de clowns à grand toupet est rousse;
Dans leur figure ils ont un faux nez qui retrousse,
Est crochu, rond, ou tombe; un n'a pas de faux nez,
Très laid quand même; ils sont tous bien échelonnés

Du plus énorme au plus petit, par rang de taille;
Tout à la fin ce n'est plus que de la marmaille
Qui marche moins en ligne à présent; le dernier
Courant de temps en temps a cinq ans; le premier,
Un grand voûté très maigre, aux longues jambes, porte,
Par son manche rayé blanc et rouge, une sorte
D'affichage en carton, carré, montrant, écrit
Sous l'énorme dessin d'une bouche qui rit:
« Cure-dents extra-fins »; ensuite: « Pour Anglaises »
Est écrit entre deux très larges parenthèses,
Quoique formé de longs caractères plus gros
Que tout le reste.

　　　　　　　Au loin, à gauche, des pierrots
Et des femmes, joyeux sous le calme physique
Grotesque de leur masque à couleurs, sans musique
Font un quadrille, allant tous n'importe comment,
Se trompant dans un sens quelconque à tout moment,
Ou parfois se cognant au milieu, tous ensemble.
Ils font ce que leur dit une femme qui semble,

En dansant avec eux, savoir ce que l'on doit
Faire, et qui tout le temps leur indique du doigt
Les figures qu'il faut exécuter; les femmes
Font, à deux, face à face une chaîne des dames,
Puis tournent au retour avec leur cavalier
Lui-même.

Paraissant gêné dans son soulier,
Un cure-dents, assez grand encore, profite
D'un arrêt qui se fait, brusque, pour chercher vite
Quelque chose, avec son index, dans son pied droit,
Le glissant avec peine entre l'espace étroit
Du soulier bleu; pendant qu'il le fouille, il sautille
Un peu de temps en temps, puis remue et tortille
Dans un déplacement très court, continuel,
Le pied gauche frottant par terre et sur lequel
Il ne se tient pas bien; pour garder l'équilibre
Il tend avec la main ballante son bras libre,
Le haussant plus ou moins pour faire contre-poids;
Sur leurs maillots bleu clair, de près ils ont des pois

Que l'on ne voyait pas, très gros, d'un bleu plus sombre,
Ayant l'air de former des losanges; l'encombre
En avant se disperse, et sans avoir ôté
Son caillou, le garçon doit partir; à côté
De Roberte, en passant, pour rattraper l'avance
Que pendant un moment les grands ont pris, l'enfance
Se met au pas de course; un des deux derniers tient
Le bras de l'autre, ils vont de front.

*
* *

                          Roberte vient
De recevoir, lancés fort de quelque fenêtre,
Un flot de confettis; elle croit reconnaître
Sur un balcon, après avoir levé les yeux,
Une amie; un instant elle regarde mieux

Et dit : « Mais oui, c'est bien Fanny! » puis elle crie :
« Bonjour! » La femme prend une face ahurie,
Semblant ne pas l'avoir sur le premier moment
Reconnue, et se penche en lui disant : « Comment,
C'est toi, bien par exemple, avec une toilette
Pareille, un capuchon semblable et ta voilette,
Ma parole d'honneur, je ne t'aurais jamais
Reconnue et tu m'as toute surprise; mais
Il faut absolument, entends-tu, que tu montes
Vite sur ce balcon, et que tu me racontes
Ce que tu fais, sans rien dire à personne, ici;
Je ne te savais pas du tout à Nice. Si
J'avais su, nous aurions fait les fêtes ensemble. »
Puis elle rit, en lui disant qu'elle ressemble
Aux fillettes sortant de leur orphelinat
Avec son capuchon, et qu'un pensionnat
La prendrait. « Viens un peu pour te voir dans la glace.
Du reste nous avons encore de la place,
Monte vite. » Roberte, alors, dit : « Oh! merci,
Nous aimons mieux marcher. » Fanny dit : « Si, si, si!

J'y tiens beaucoup, je veux te parler. » Elle insiste,
Disant qu'elle sera bien mieux là, qu'on assiste
Plus agréablement au défilé, d'en haut,
Qu'on lance sans jamais rien recevoir, qu'il faut
Qu'elle lui montre un peu le coup d'œil, qu'elle voie
Cela. Puis d'un dernier geste elle les envoie
Vers la porte, disant qu'elle est sur le palier
A les attendre et qu'ils trouveront l'escalier
Là, sous la voûte au bout de quelques pas, à droite,
En ouvrant une porte à deux battants, étroite,
Avec un paillasson tout usé sur le seuil.
Roberte fait un pas, échangeant un coup d'œil
Avec Gaspard qui sans rien dire l'accompagne,
Et retournant un peu sur ses pas elle gagne
L'entrée; il lui demande à voix basse qui c'est;
Elle répond, baissant aussi la voix, qu'il sait,
Que c'est cette petite actrice aux gestes drôles
Qui joue un peu partout, toujours, des bouts de rôles,
Fanny Néret, qu'il la connaît au moins de nom;
Il répète : « Fanny Néret? » en disant : « Non, »

Qu'il ne la connaît pas. La porte est grande ouverte,
Au seuil de la maison dont l'entrée est couverte
De confettis intacts, s'espaçant assez loin
Sous la voûte, tassés quelquefois dans un coin;
En marchant on les fait rouler, on les écrase,
Un s'enfonce au milieu d'une raie.

                                        Une phrase
Se distingue parmi le brouhaha que font
Des voix que l'on entend venir, là-bas, au fond,
Confuses dans l'écho sonore de la voûte;
Et l'on voit déboucher d'un grand escalier, toute
Une bande de gens à masques peints; les voix
Chantonnent en riant, ou parlent à la fois;
Ils s'arrêtent en bas; le conciliabule
Se continue, aussi fort, dans le vestibule
Dont la porte vitrée est grande ouverte; un gros
Court, en domino vert, écarte deux pierrots
Et, mettant ses deux mains sur leur épaule, saute
Gaîment, comme un fou; mais, un des deux pierrots s'ôte,

Aussitôt, ayant l'air de le trouver trop lourd
En portant la moitié de son poids; le gros court,
Faisant un mouvement de jambe involontaire,
Cherche à se rattraper, mais se jette par terre ;
Le bruit des voix et des rires devient plus fort;
Une femme surtout, de tout son cœur, se tord,
Essayant de parler avec sa voix rieuse
Que dément drôlement la face sérieuse
De son masque affreux dont elle tient le menton;
Roberte, qui tournait justement le bouton
En cuivre travaillé de la porte vitrée
Aussi, qui donne accès dans la petite entrée
De droite, reste sur le paillasson pendant
Quelques instants avant d'ouvrir, les regardant;
Le gros, péniblement, maintenant se relève
A moitié, sur le plat de ses mains, puis achève
De se mettre debout en disant : « L'animal! »
La femme en demandant s'il ne s'est pas fait mal
Rit toujours aux éclats; il répond : « Au contraire; »
Ajoutant que vraiment si ça peut la distraire,

Pour la remercier de l'immense intérêt
Qu'elle lui porte si gentiment, il est prêt
A faire de nouveau voir la plaisanterie
Une seconde fois, pour tâcher qu'elle rie
Un peu plus fort et plus franchement que cela ;
Puis il fait en massant ses genoux un « holà »
Qui fait réaugmenter les rires de plus belle ;
Un pierrot en riant se tape avec sa pelle,
D'un geste machinal, sur le gras du mollet ;
Le gros reprend, gardant son sérieux, qu'il est
Profondément touché que son accident puisse
Causer tant de chagrin ; il se frotte la cuisse
En l'abaissant, puis en la levant sous sa main,
Disant qu'elle est bien sûr cassée et que demain,
Si par quelque miracle il est encore en vie,
Ce dont il n'a du reste à présent guère envie,
Il ne manquera pas d'avoir un joli bleu ;
Puis, en s'arrêtant net, il jure : « Sacrebleu !
C'est curieux, voilà-t-y pas que je vois trouble ! »
Et voyant tout le temps le rire qui redouble

Autour de lui de tous côtés, il s'enhardit,
Continuant, et sent bien que tout ce qu'il dit,
Dans la gaîté qui va toujours croissante, porte.

Mais Roberte a fini par entr'ouvrir la porte;
Elle la tire grande en faisant un long bruit
Grinçant, aigu, puis passe, et Gaspard, qui la suit,
Referme; un escalier prend à gauche, assez sombre;
Les marches sans tapis luisent; dans la pénombre
Brille surtout assez fort la boule en cristal
De la rampe, posant sur un rond de métal
Sur lequel un reflet court aussi; la première
Marche, arrondie au bout, est blanche, tout en pierre;
Les autres en bombant, moins plates, sont en bois
Brun très foncé. Roberte a pris avec les doigts
Seulement, sans toucher beaucoup, la rampe blanche
Qui lui paraissait sale; en haut Fanny se penche;
En les voyant monter elle s'écrie : « Eh bien ? »
Roberte lui répond : « C'est nous; on n'y voit rien,
Ma chère, il y fait noir comme dans une tombe,

Vois-tu, dans ta maison. » A chaque pas il tombe
De tous leurs vêtements beaucoup de confettis,
Et déjà, sur le bois, on en voit d'aplatis,
Perdus, puis écrasés par d'autres presque à chaque
Marche ; un endroit semblant mal assujetti craque
Quand Roberte est dessus, montant tout près du bord
Étroit, près de la rampe ; il craque un peu plus fort
Quand Gaspard, à son tour, y passe à l'endroit large,
Tout près du mur. Fanny répond : « Oh ! je m'en charge ! »
Roberte lui faisant voir qu'il ne lui restait
Plus un seul confetti déjà ; Gaspard se tait,
Les regardant, pendant tout le temps nécessaire,
Quand on arrive en haut, pour que Roberte serre
Les deux mains à Fanny dont les vieux gants de peau
Sont tous les deux troués ; il ôte son chapeau
En en faisant tomber cette fois une foule
De confettis qui vont en se cognant ; un roule
Jusqu'au bord, puis se jette en bas, un autre aussi.
Roberte, en lui disant : « Viens un peu par ici, »
Tend un instant la main vers lui, puis le présente

A Fanny; devant elle il s'incline et plaisante
Son costume et surtout son bonnet phrygien,
Qu'il s'excuse d'avoir; Fanny rit : « Et le mien,
De costume, voyons, qu'est-ce que vous en dites ?
Je crois qu'il est aussi drôle. » Elle a de petites
Dents blanches, des sourcils très fins et de grands yeux
Bleus un peu peints, avec des gestes gracieux.
La porte de la chambre à tapis est ouverte;
Tout en y pénétrant avec Fanny, Roberte,
Avec un grand regard, dit en baissant la voix
Qu'elle lui contera la chose une autre fois.

Assez grande et formant presque un carré, la pièce
Donnant sur le balcon lui-même, est une espèce
De salon tout garni de meubles, mais qui fait
Aussi salle à manger. A gauche un grand buffet,
Contre le mur, est très plein; une cafetière,
Dedans, fait le pendant d'une chocolatière;
Entre, sur une assiette, un morceau de pain bis
Est coupé. Sur la table, au centre, un grand tapis

Traînant presque par terre avec sa longue frange,

Est jaunâtre, formant comme un dessin étrange;

Sur le bord brille un verre à pied, avec de l'eau.

Sur le mur de la porte, un très petit tableau

Est accroché par un mince anneau; son gros cadre

Est noir; il représente, assez mauvais, l'escadre

Échelonnée, avec une mer bleu foncé;

En avant, et très gros, un premier cuirassé

Suivi d'autres, de plus en plus petits, arrive;

Dans un des coins, en courbe, on voit un peu de rive.

Un autre tableau fait pendant; c'est un chevreuil

Tué. Juste en dessous de l'escadre, un fauteuil

En acajou parfois abîmé, d'une forme

Banale, les bras courts et le dossier énorme,

Dont les ressorts font des bosses, est recouvert

D'un velours plus ou moins usé par endroits, vert;

Dessus, soulevé par un ressort, traîne un livre

Léger, vieux, cartonné, jauni; des clous de cuivre

Bombés, et dans lesquels se reflète le jour

De la fenêtre, sont alignés tout autour

Du dossier et des bras; le même point miroite
Sur chacun, par série. A la cloison de droite,
En face du buffet, un vaste canapé
A son dossier plus haut aux coins; il est râpé
Et blanchi sur plusieurs grands endroits; une glace,
Juste au-dessus de lui, tient une grande place;
Il est en velours vert, avec de l'acajou,
Exactement pareil au grand fauteuil; un clou
Manque sur un des bras, et dans la bande verte
Tressée en cordons durs, met un trou noir.

                                        Roberte,
En entrant, tout de suite a regardé partout
L'ameublement et les choses de mauvais goût;
Sur le fauteuil, le dos du livre porte un titre
Presque effacé; la glace au fond de chaque vitre
Lui faisant justement vis-à-vis, du buffet
Se reflète, assez sombre. Au bruit que l'on a fait
En entrant d'abord, puis en refermant la porte
Rien qu'en poussant dessus, une femme assez forte

S'est retournée; elle est au balcon sur lequel
Un pierrot est plus loin; elle dit : « Viens, Michel, »
Et devant le pierrot qui suit, elle pénètre
Dans la chambre par la haute porte-fenêtre
Grande ouverte; Fanny dit alors : « Nous voici. »
Le pierrot et la femme ont tous les deux, ainsi
Que Fanny, tous les trois en rose, comme masques,
Sans chapeau ni bonnet, ces espèces de casques
Protégeant le pourtour de la tête en entier.
Fanny se met alors, vite, à balbutier
Quelques noms, présentant du geste tout le monde;
Ensuite, sans parler, pendant une seconde
On reste en souriant avec de l'embarras;
Alors Fanny, prenant Roberte par le bras,
Du côté du balcon tout doucement la pousse;
Michel, en se rangeant, cogne d'une secousse
La table, en agitant là-bas le verre d'eau;
Fanny lève le bras, craintive, en faisant : « Ho! »
Mais, quoique remuant très fort, l'eau ne déborde
Pas; Fanny dit tout en riant : « Miséricorde!

Il ne s'en fallait pas de grand'chose, je crois, »

Puis elle sort auprès de Roberte; les trois

Autres gagnent aussi le balcon; Fanny montre

Un sac de confettis en toile, appuyé contre

Le mur, encore plein, mais ouvert, dans le coin,

En disant que puisqu'elle en a juste besoin,

A Roberte, et qu'il faut bien se battre, elle en prenne,

Et que ce grand sac-là, c'est elle qui l'étrenne;

Roberte trouve, entrée, une pelle dedans;

Elle en met dans son sac, suffisamment, mais sans

L'emplir plus qu'à moitié, puis replante la pelle;

Ensuite, en le touchant sur le bras, elle appelle

Gaspard, en lui disant d'aller en prendre aussi;

Il dit d'abord : « Ce n'est pas la peine, merci,

Je n'en ai pas besoin, » puis finit par se rendre

Aux « mais si » de Fanny qui veut, et par en prendre

Deux ou trois fois avec sa pelle à lui, puisqu'on

Y tient. Roberte est là, tout au bout du balcon,

A côté de Fanny, dans le coin, tout à droite;

Elle a le genou pris dans la distance étroite

Surtout avec tous ses jupons, de deux barreaux,
Dont un, celui du coin, est le double plus gros.
Fanny, tout en causant, vient d'appeler « Adèle »
La femme qui sourit, placée à côté d'elle ;
Puis vient Michel, et puis Gaspard qui n'est pas loin,
Avec, pourtant, pas mal trop de place, du coin.

* *
*

De tout près, dans la rue, on voit la tête immense
Du cuisinier qui passe à présent et commence
A découvrir, avec son geste habituel,
Le couvercle fermé justement, sous lequel
Les marmitons baissés viennent de reparaître ;
Ils se lèvent avec, et finissent par être
Debout ; un d'eux leur donne un ordre avec sa voix
Enfantine ; alors tous se mettent cette fois

Dans le sens opposé pour tourner, la figure
Dirigée en dehors; le même moutard jure,
Trouvant qu'on ne fait pas assez vite le rond;
Le couvercle, d'ici, cache jusqu'à mi-front
Certains; d'autres plus grands l'ont jusque sur la bouche;
Un très petit, qu'on voit presque tout entier, louche;
Ils tournent très serrés, en se donnant le bras,
Parfois croisant les mains. Sur la musique, en bas,
Seule, une femme en grand pâtissier tourne et danse,
En tenant dans sa main, par le bout, semblant dense
Et serré dans son bas couleur chair, son mollet;
L'autre main est ballante; on voit très bien qu'elle est
Fatiguée ,et qu'elle a chaud; mais elle s'obstine
Avec entêtement, sans lâcher sa bottine,
Mordorée; elle cesse au bruit que font deux sous
En sautant de sa poche.

           En bas, juste en dessous
Du balcon, et parmi la file allant de gauche
A droite, se promène une espèce d'ébauche

De sculpteur, assez grande, en terre marron clair ;
Elle marche tout droit, pas mal vite ; elle a l'air,
Avec plusieurs volants, de quelque Marguerite
De Faust, baissant les yeux d'une mine hypocrite ;
La robe semble, en long, imiter un pli mou,
Et dessiner un peu, comme en marche, un genou ;
On ne voit presque rien de fait dans la figure,
Sauf les yeux paraissant baissés, et la coiffure
Qui forme sur le front, en courbes, deux bandeaux,
Et, plate partout, fait deux nattes dans le dos,
Jointes par un seul nœud ; dans sa main une espèce
De volume étroit, long, comme un livre de messe,
Dépasse ; son bras gauche, étroit, est appuyé
Sur la hanche.

En casquette énorme d'employé
De gare, vient, derrière elle, un homme d'équipe
A tête de carton ; il fait voir une pipe
Gigantesque, qu'il tient debout, à pleine main,
Et dont le bout est très courbé.

*
* *

                              Fanny fait : « Hein? »
Et Roberte répète un peu plus haut : « Et Charles?
Il n'est donc pas venu du tout? Tu ne m'en parles
Pas, on ne le voit pas; est-ce que c'est fini?
Je ne suis au courant de rien, tu sais. » Fanny
Dit : « Non, non, pas du tout, mais aujourd'hui, Camille
Et lui sont, tous les deux, dans toute leur famille,
Avec un tas d'amis, sur un grand char à bancs
Qu'ils ont au moins loué, je crois bien, pour cent francs;
C'est lui qui m'a loué cette fenêtre; en somme
Je suis restée au moins six mois sans te voir. »

                                         L'homme
D'équipe passe; il entre avec beaucoup de soin,
Son énorme tuyau de pipe dans le coin

De la bouche, assez grande ouverte, de la tête,
Dont le large sourire a l'air content et bête;
Sa main droite, partout, montre avec bonne humeur
Une plaque de tôle énorme, avec « Fumeur »
Écrit sur le fond noir, en couleur d'or noircie
Et sale, comme ayant les traces de la suie;
La plaque est très pareille à celles que l'on met
Aux wagons. Il paraît dire : « Ça me permet,
Comme vous pouvez voir, de fumer à ma guise,
Puisque j'ai cette plaque, et sans que ça me nuise, »
Par ses gestes ravis. En face, ils sont un tas
A la fenêtre; un grand long, crie au fumeur : « T'as
Donc avalé, dis donc, toi, ta locomotive? »

A gauche, loin déjà, le cuisinier active
Toujours, l'entassement de son soi-disant feu,
A l'aide de son bras gauche qui tremble un peu
Aux cahots; du bras droit, pour l'instant, il recouvre
Tous les marmitons; mais le couvercle s'entr'ouvre
De temps en temps, comme un récipient qui bout;

C'est un des marmitons resté presque debout
Qui, pour rire, parfois lui donne une secousse.
La même femme en grand pâtissier se trémousse;
Deux autres tournent vite en se donnant un bras,
On ne comprend pas bien le fouillis de leurs bas,
Leurs jambes s'embrouillant toutes quatre, pas nettes.

Un grand maître d'école a d'énormes lunettes
Vertes, parant sa tête en carton à souhait;
Il donne tout le temps, violemment, le fouet
A l'imitation grotesque d'un mioche
Comme en chiffons, qui tient un reste de brioche
Dans une main. Il l'a par le bord de son col
De marin, le laissant toucher des pieds le sol
Presque entre chaque coup; c'est avec une canne
Qu'il le frappe; la tête à l'air méchant ricane
Fort; par la bouche on peut voir à l'intérieur
De la tête, changeant de son aspect rieur,
Les regards sérieux de l'homme qui s'occupe
Beaucoup de se guider. Il a presque une jupe

Cachant jusqu'au mollet au moins son pantalon
Jaune, élégant, uni, clair, qu'un large galon
Noir garnit en hauteur, avec sa redingote
Immense, bleu foncé. Le mioche gigote
Sous les coups qu'il paraît se sentir infliger
Avec ses soubresauts; le corps est si léger,
Battant et se jetant dans tous les sens, que l'homme
A l'air de le porter sans se fatiguer, comme
S'il était tout en ouate, et parfois il le tient
Longtemps à bras tendu; le col marin revient
Tout à fait sur le dos de la tête qu'il cache.

Un pierrot lève un peu son masque peint et crache
Vite, puis le remet en place; on n'aurait pas
Cru, rien qu'en le voyant lui-même, que son bas
De figure qu'on vient d'apercevoir, puisse être
Aussi maigre que ça.

      Là, derrière le maître
D'école qui s'approche en riant et qui n'est

Qu'à dix pas, une très grosse tête en bonnet
De coton bleu domine un peu tout; elle est mise,
Mais très peu, de travers, sur un corps en chemise
De nuit, représentant un petit sec, vieillot,
Ayant, pour imiter ses jambes, un maillot
Rose; il a la figure impatiente; il porte,
En la tournant partout quelquefois, une porte
Qui semble très légère, et petite, en carton,
Sur laquelle, des deux côtés, sort un bouton
Plat, voulant imiter, mais mal, par sa dorure,
Du cuivre; sur l'endroit du trou de la serrure,
Réellement à jour on a fait un vrai trou
Ayant la forme, assez bien, d'une clé, par où
L'homme, parfois, pendant quelques instants regarde
En l'appliquant en haut de la tête qui garde
Son air impatient; il y colle le mieux
Possible, quelquefois pas très bien, un des yeux,
Tantôt l'un, tantôt l'autre; assez souvent il change
De main ou bien la tient à deux mains; un losange
Est peint des deux côtés, imitant un carreau

Dépoli sur lequel on lit le numéro
Cent. Quand il a fini de regarder il frappe
Visiblement de son troisième doigt, puis tape
Du poing, comme voulant vite se faire ouvrir.
Un pierrot qui le suit vient de le découvrir,
Soulevant un peu sa chemise qu'il écarte;
Il est tout habillé dessous. Une pancarte
Tout en haut, au-dessus de la porte, a : « Toc, toc »
Des deux côtés.

* *
*

Croisant le professeur, un coq,
Le premier, est le seul ayant toujours le zèle
De bien lever la jambe et de battre de l'aile;
Les autres, le suivant très mal en ce moment,

Vont comme tout le monde et n'importe comment;
Un se frotte le nez avec une grimace.

Sur le balcon on vient d'attraper une masse
De confettis lancés d'en bas, fort, et très haut,
Par un pierrot ayant fait sur place un grand saut
Pour les jeter afin qu'ils retombent en grêle;
Fanny, tout en fouillant entre son sac, le hèle
En lui disant : « Attends un peu, » forçant la voix;
Tous puisent dans le fond de leur sac à la fois,
Puis ressortent leurs mains ou leurs pelles très vite,
Craignant que le pierrot en se sauvant n'évite
Leur riposte; il est là toujours; tous tapent dur
Une première fois, puis recommencent sur
Sa tête qu'ils avaient mal attrapée; il rentre
En croisant ses deux mains dessus, son large ventre,
Et se met à tourner sans cesse en criant : « Hou
La la la la! » penchant tout de travers son cou,
Levant contre sa tête, à gauche, son épaule;
Fanny crie : « Oui, c'est ça, va, c'est bien fait, piaule. »

Lançant toujours. Il crie : « Au secours ! au secours ! »
Faisant, toujours tout raide, en sautillant, des tours
Sur place sans chercher à s'ôter de la douche
De confettis qui tombe et chaque fois le touche,
Lancés avec la main ou la pelle selon
Les coups, plus ou moins fort. Il n'a qu'un pantalon
Ordinaire, de ville, avec la blouse verte
De son pierrot, mal mise en haut et tout ouverte
Au cou ; l'une de ses bottines se ternit
De plâtre, beaucoup plus que son autre ; il finit
Par s'en aller, tournant toujours, très ridicule,
Sur lui-même au milieu des masques qu'il bouscule
Et dont certains, voulant le prendre par le bras,
Cherchent à l'arrêter, mais ne le peuvent pas ;
Au passage, un gros homme en domino qu'il cogne
Assez fort sans cesser de tourner toujours, grogne :
« Allons donc, sacrebleu ! voyons, je n'ai jamais
Vu pareil idiot, quel imbécile ! » mais
L'autre crie alors : « C'est comme ça qu'on se colle
Sur les gens ? » lui donnant tort.

                 Le maître d'école,
En équilibre, tient sa canne sur un doigt
Depuis cinq ou six pas ; c'est de dos qu'on le voit
Maintenant, et sur sa redingote une espèce
De carré blanc d'étoffe, ayant l'air d'une pièce,
Est cousu proprement sur chaque immense pan
Côte à côte, avec : « Pan ! » pour qu'on lise : « Pan ! Pan ! »
Laissant glisser sa canne entre sa main, il fouette
De nouveau le moutard.

                Poussant une brouette,
S'approche, à gauche, un grand et très gros campagnard :
Sa tête immense a l'air souriant, goguenard,
Avec l'aspect heureux d'un bon propriétaire ;
Dans la brouette on voit un peu de grosse terre
Véritable, noirâtre et par paquets ; il est
Sans veste, en pantalon gris très clair, en gilet
Ouvert par où l'on voit son plastron de chemise ;
Au bout d'une baguette on lit : « Terre promise »

Sur un écriteau jaune encadré d'un dessin

Formant un fin zigzag ; en dessous : « au voisin »

Est écrit entre deux parenthèses.

      *
  *   *

               Derrière,

Un homme marche avec une allure guerrière,

N'ayant qu'un très petit bourrelet de cheveux

Et chauve immensément, mais sans avoir l'air vieux ;

La bouche de la tête en carton est ouverte,

Et la rangée, en haut, de ses dents, découverte

Comme s'il chantait fort avec tout son pouvoir ;

Sur l'écriteau de sa poitrine l'on peut voir

Déjà, tout le début, avec un seul dièze,

Commençant par plusieurs rés, de la *Marseillaise ;*

Le premier vers s'aligne en dessous; on le dit
A l'instant, malgré soi, sur l'air. L'homme brandit
Un drapeau tricolore et dur dans sa main droite,
Paraissant en carton épais; en haut miroite
Un ornement de cuivre au bout du manche bleu
Très long pour le drapeau; sur le blanc, au milieu,
Est écrit, commençant par une majuscule,
Et lisible d'ici quand il ne gesticule
Pas trop vite, sur deux lignes : « Je suis chauve hein? »
Pour faire un calembour avec le mot chauvin;
Un groupe de pierrots le suit, tapant par terre
Du pied pour imiter comme un pas militaire;
Ils chantent pour de vrai la *Marseillaise* en chœur;
Le chauve fait du bras gauche un geste vainqueur,
Agitant le drapeau du droit, tenant la hampe
Par le milieu; soudain il se gratte la tempe
Par la bouche, et refait son geste. Parmi l'air
Assez juste, on entend le timbre un peu plus clair
D'un pierrot plus petit, à voix d'enfant, en rouge,
Criant plus fort que ses compagnons, et qui bouge

Les bras en gambadant; ils ont tous l'air de fous
En braillant : « L'étendard sanglant est levé, » sous
Le sérieux de leurs masques peints; la figure
De l'homme, sans chanter, dans la pénombre obscure
De la bouche, rit. Sur « Abreuve nos sillons »
Le chœur finit; un seul reprend encore : « Allons,
Enfants de la patrie! » et les autres ensuite
Reprennent à leur tour, comme sous sa conduite.
Roberte qui, les doigts blancs, se les essuyait,
S'écrie : « On se croirait au quatorze juillet. »
Quand ils passent devant le balcon, elle envoie,
Sans que l'homme au milieu de sa tête la voie,
Des confettis; tous les chanteurs en ont sur eux
Quelques-uns, mais le reste avec un bruit très creux
Est assez bien tombé sur tout l'immense crâne.

Ayant l'air de vouloir suivre le chœur, un âne
Se voyant dépassé par le dernier pierrot,
Un blanc et vert aux bras maigres, se met au trot;
Le cavalier, un des chinois, mal à son aise,

Tire dessus, trottant très dur à la française,
En empoignant sa bride élégante, et retient
Le trot qui continue encore, puis parvient
A le faire tenir fixe, pour que le reste
De l'analcade aux tons clairs d'empire céleste
Puisse le rattraper. Formant un ramassis
De nombreuses couleurs et d'or, ils sont assis,
Les deux jambes pendant d'un côté, sur des selles
Formant un peu fauteuil et pareilles à celles
Des tout petits enfants; les diverses couleurs
De leur robe, pour tous, sont les mêmes. Sous leurs
Sandales d'or ils ont une longue planchette
Accrochée à la selle, en haut. Roberte jette
Des confettis sur eux; ils tombent sur le sol
Après avoir, en plein, touché le parasol
De l'un; ils en ont tous, grands, en papier tout rouge
Qu'ils font tourner plus ou moins vite; un d'eux le bouge
Simplement dans un sens et dans l'autre, sans bien
Le tourner comme il faut; un autre met le sien,
Le baissant tout à coup, peureux, devant sa face,

Venant de voir quelqu'un, et craignant qu'il le fasse
Vraiment, appuyer fort, en le visant, son doigt
Sur le manche de bois de sa pelle; on le voit
Un instant tout entier d'en haut; sur sa calotte
Bleue est un bouton vert; sa casaque ballotte
Jaune et bleu clair, en soie et faisant des plis, car
Elle devient trop large à la taille.

*
* *

.

                                   Le char
De la nourrice fait une cacophonie
Avec la *Marseillaise,* à droite, pas finie;
Voyant ça, les chanteurs n'en braillent que plus fort;
Le petit pierrot rouge à voix d'enfant se tord
En cessant de chanter, et se tapant la cuisse

Avec la main, d'un air ravi; quoiqu'on ne puisse
Voir son expression, ses gestes folichons
La peignent sous son masque. Ils hurlent tous : « Marchons!
Marchons! qu'un sang impur... » pour dominer le cuivre
Qu'on entend dans le char. L'âne veut toujours suivre
Le chœur de temps en temps, quoiqu'il soit déjà loin,
Retrottant; le chinois a constamment besoin
D'avoir sa rêne très raide et de prendre garde
Qu'il ne veuille partir devant.

                Fanny regarde
La file allant vers la gauche des hommes verts
Qui précèdent toujours la nourrice, couverts
De leur grande citrouille enfonçant sur leur tête;
Le premier, entravé par un landau, s'arrête,
Puis les autres aussi presque tous à la fois;
Un d'eux, de chaque main, prend dans deux de ses doigts
Une basque de son habit vert, puis il danse
En jetant de côté les pieds; la discordance
Des deux musiques font comme un rythme indécis

Sur lequel il se règle ; on voit qu'il s'est assis
Par terre ; sa culotte, au fond, est toute blanche ;
Sans le vouloir il cogne un peu contre la hanche
Un gros pierrot qui dit : « Voyons, voyons, voyons,
Voyons, je ne crois pas pourtant que nous soyons
Dans l'eau, nom d'un pétard, espèce de grenouille. »
L'homme vert le salue en ôtant sa citrouille.
Fanny dit : « Oh ! j'ai vu ce nez-là quelque part,
Sûr. » Du reste la file en ce moment repart
Et la nourrice approche ; exprès toute molasse,
Une femme en bébé se tournaillant sur place
Fait ballotter ses bras, dansant sur le plancher.

Fanny dit à Roberte un peu de se pencher
Par-dessus le balcon ; pendant une seconde
Elles restent à voir la quantité de monde,
Presque un rassemblement, là ; Roberte dit : « Oui, »
A Fanny qui lui montre et dit : « C'est inouï,
N'est-ce pas, ce qu'on en voit ; quelle marmelade
Si le balcon tombait. » Là, dans la bousculade

Le chapeau d'un enfant est à moitié tombé;
Il le replace bien sur son masque bombé
Sans couleur, vite pour qu'on ne le réprimande
Pas.

    Fanny se relève et maintenant demande
A Roberte : « A propos, où donc demeurez-vous ? »
Roberte dit : « C'est vrai, je ne te dis pas, nous
Sommes dans un hôtel, boulevard Dubouchage,
Assez modeste; dame! il faut bien être sage
Et savoir quelquefois se priver de choisir,
On peut faire durer plus longtemps son plaisir
Ainsi. » Puis en levant le doigt elle lui montre
La nourrice avec sa grosse chaîne de montre,
Disant : « Oh! n'est-ce pas qu'avec ce gros bandeau
Elle ressemble en brun comme deux gouttes d'eau,
Surtout de ce côté, de profil, à Gertrude ? »
Fanny rit en disant : « Peut-être, mais c'est rude
Tout de même pour elle. » Adèle cause avec
Gaspard. Un des poupons tend très fort d'un coup sec

Son cordon, en tombant soudain sur la commode.
Fanny dit : « Ce serait très joli comme mode
En somme, ces bonnets, c'est tout à fait seyant. »
Dans la musique un cuivre est toujours très bruyant;
Sur un carnet on voit un gros poupon écrire.

Tout en bas, une longue analcade pour rire
Marche dans l'autre sens, représentant, debout,
Des écuyers de cirque, identiques d'un bout
A l'autre, en habits bleus où brille le bouton
De cuivre. Les petits ânes sont en carton,
Passés par un grand trou pas très juste, qui bâille
Par derrière et devant, tout autour de leur taille;
Petites, avec des bottes à revers blancs,
Des jambes sont jusqu'aux cuisses feintes aux flancs
Des faux ânes avec des étriers à roues.
Les écuyers ont tous jusqu'au milieu des joues
De faux favoris noirs s'écartant de leur peau;
Ils ont, exagéré comme mode, un chapeau
Haut de forme, assez bas et très cintré, gris clair;

Les jambes, commençant juste à la selle, ont l'air
De bien continuer leur corps, comme leurs vraies;
On voit, se côtoyant toutes proches, deux raies
Jaunes des deux côtés de la couture, à leur
Culotte de cheval de la même couleur
Que l'habit dont les pans s'écartent sur la croupe;
Trois ensemble, causant derrière, font un groupe;
Tombant presque à leurs pieds, à partir du genou.
Transparent, ayant l'air d'être très mince et mou,
Comme une jupe, un grand morceau d'étoffe rouge
Est collé tout autour de chaque âne; elle bouge
Et frissonne, bordée en bas par un galon,
Laissant voir seulement très peu du pantalon
Ordinaire qu'ils ont et qu'on veut qu'elle cache;
Ils portent une longue et noirâtre cravache
A mèche rouge avec leurs mains droites qui sont
Ballantes à leur pas; dans la main gauche ils ont
Leur bride; un d'eux voulant voir quelque chose touche
A son faux genou droit. Les ânes ont la bouche
Ouverte, laissant voir un rang de grandes dents;

Elle est, ainsi que les naseaux, rouge au dedans.

Derrière la nourrice, un peu loin, se profile,
Hélant les écuyers au passage, une file
D'hommes en habit rouge à tête de gros chien,
Chacun d'une autre race et se distinguant bien;
Tous balancent au bout de leurs bras une niche;
Le premier, moustachu, tout blanc, est un caniche;
Le deuxième, fronçant le nez d'un air vilain,
Jaune avec le museau tout noir, est un carlin;
Derrière, une levrette au contraire a l'air douce,
On lui voit sur le cou le début d'une housse,
Elle ouvre son museau très fin et très pointu;
Un autre a le bout des oreilles rabattu
En avant qui lui donne un air de chien de chasse
Aux yeux brillants, au flair actif et perspicace.
Il est tout noir avec des taches de couleur
Feu.

Réapparaissant là-bas, le rémouleur,

Venant de faire tout le bout du parcours, tourne
Pour rentrer dans la rue ; il s'arrête et séjourne
Quelque temps en voyant la nourrice qui vient
Vers lui pour s'en aller, elle, à droite, et qui tient
Une trop grande place en largeur pour qu'il puisse
Se croiser avec elle ; immobile sa cuisse,
En bas, commençait juste à remonter en l'air
Pour aiguiser ses grands ciseaux blancs sans éclair.

IV

Lorsque tous les deux, vers cinq heures et demie
Descendent dans la rue, une grande accalmie
Se fait. Le défilé des sujets et des chars
Est terminé; partout des masques vont épars,
Encore très nombreux et turbulents dans toute
La rue. Ils vont à gauche en sortant de la voûte;
Roberte, au bout de cinq, six pas, lève les yeux
Vers le balcon, voulant refaire des adieux
A Fanny qu'elle vient de quitter là; mais elle
Est rentrée, et l'on voit, juste de dos, Adèle

Qui rentre aussi, suivant probablement Fanny.

Le jet des confettis est tout à fait fini;
La foule est maintenant librement dispersée,
Sans rien pour la gêner, sur toute la chaussée;
Les masques sont ôtés déjà pour la plupart.
Roberte, se mettant à côté de Gaspard,
Lui demande en poussant un soupir s'il ne trouve
Pas que déjà, d'avance, en pensant, on éprouve
Du plaisir à l'idée enfin qu'on va pouvoir
Oter ces vêtements pleins de plâtre, et se voir
Un peu tout simplement, tous les deux, sans costume.
N'ayant plus l'air de fous, et comme de coutume,
En gens sensés; Gaspard, en riant, dit : « Oh! si,
Ça, par exemple! » Puis il lui demande si
Elle ne se sent pas quelque peu fatiguée
De son après-midi, d'avoir été si gaie
Et puis d'être restée aussi longtemps debout
Au balcon; elle dit : « Non, non, oh! pas du tout;
C'est aux bras que j'aurais plutôt de la fatigue,

De tant m'être accoudée. »

                    A gauche l'on intrigue
Un gros pierrot en vert. C'est une femme qui
A conservé son masque, et prétend qu'avec lui
Un jour elle est allée en bateau sur le Rhône;
Qu'il avait même un grand et gros pardessus jaune
Qu'elle croit voir encore. A chaque nouveau nom
Qu'il lui dit, se creusant la tête, elle fait « non »,
Et les inventions qu'il trouve la font rire;
Elle se met alors à vouloir lui décrire
La couleur de ses yeux, sa bouche, ses cheveux,
Mais l'autre dit : « Non, non, ne dites rien, je veux
Chercher; vous comprenez, il faut que je devine;
Je sais déjà que vous avez la taille fine
Et derrière ce masque atroce un son de voix
Ravissant; m'avez-vous déjà vu plusieurs fois? »
Elle dit : « Ah! bien, oui, plusieurs fois, et bien d'autres
Avec, je vous connais, allez, vous et les vôtres. »
Il répond : « Ça, c'est drôle à la fin; attendez,

C'est vous mademoiselle... attendez, est-ce chez
Mes cousins Darincy-Peck que je vous ai vue
Pour la dernière fois quand nous vous avons eue
Entre nous deux pendant dîner, mon frère et moi ? »
Elle reprend : « J'aurais bien désiré, ma foi,
Dîner de la façon de cette demoiselle, »
Mais déclare qu'hélas ! non, ce n'était pas elle,
Et qu'elle est mariée et madame, d'ailleurs.
Il redemande : « Ainsi, vous m'avez vu plusieurs
Fois ? » Elle dit : « La la, pour ça, je vous le jure,
Vous allez tout à l'heure en faire une figure ! »
Soudain il rit et dit : « Ah ! cette fois, j'y suis !
C'est trop fort, justement je n'y pensais pas. » Puis
Dit un nom et la femme entendant cela pouffe ;
Il dit qu'il ne faut pas surtout qu'elle s'étouffe
Et qu'elle fera mieux de se nommer enfin,
Car il donne sa langue au chat s'il en a faim.
Elle dit : « Ah ! vous qui vouliez tant qu'on vous laisse
Chercher, vous renoncez tout de même. » Elle baisse
Son capuchon orange et blanc ; puis prenant soin

De ses cheveux, pourtant qui n'en ont pas besoin,
Déjà complètement ébouriffés, elle ôte
Avec précaution, en faisant une haute
Courbe, le caoutchouc assez mou qui revient
Par-devant, sur le nez du masque qu'elle tient
Encore quelque temps appliqué sur sa face
En lui disant : « Alors il faut que je me fasse
Voir ? Vous ne changez pas d'avis ? Eh bien, tenez ! »
Elle ôte, en le tenant dans ses doigts par le nez,
Son masque. Le pierrot dit : « Non, ça c'est trop raide,
Par exemple, » en riant. « Non, vous étiez si laide,
Avec ça, vous savez, ah ! ce n'était que vous ? »
En marchant il s'amuse à lever les genoux
Très haut, en se tapant dessus l'un après l'autre
Avec les bras tout mous. Elle dit : « C'est la vôtre
De figure qui m'a bien fait rire à l'instant. »
Roberte les dépasse assez près ; elle entend
Leurs exclamations durer encore, comme
S'ils étaient tous les deux de vieux amis.

                                        Un homme
Habillé tout en femme, en bleu voyant, très gros,
Vient par ici, le bras droit derrière le dos,
Marchant mal dans sa jupe; il tient à la main une
Perruque à cheveux longs avec des boucles, brune,
Ayant un grand chapeau de femme qui ne peut
S'en ôter, excentrique, orné d'un large nœud.
Ses cheveux bruns coupés très courts partout, en brosse
Lui donnent tout à fait l'air d'une femme atroce.
Roberte dit de près à Gaspard : « On dirait
Une femme guérie à laquelle on aurait
Coupé les cheveux ras pendant sa maladie;
Est-il horrible avec cette tête arrondie! »
Elle ne l'a pas dit assez bas; il a dû
Comprendre; comme s'il avait tout entendu
Quand elle finissait sa phrase, il la regarde
Fixement en passant. Gaspard lui dit : « Prends garde,
Et rit.

Les dépassant, deux enfants courent l'un
Après l'autre; celui qui s'enfuit est très brun
Avec un domino dont le capuchon bouge
Dans son dos en courant; il est déjà tout rouge;
L'autre, en pierrot, le suit, le masque dans la main,
Et crie, en paraissant rager un peu : « Germain,
Rends-moi ça, tu m'entends, Germain, » l'autre s'échappe
Par des détours, pourtant le pierrot le rattrape
Un peu de plus en plus; le brun, voyant qu'il perd
Son avance en tournant la tête, crie : « Albert!
Écoute, arrêtons-nous, sérieusement, pouce,
J'ai quelque chose à dire, écoute, » puis il pousse
Des cris perçants, voyant que l'autre est à deux pas
Derrière; le pierrot allonge enfin le bras
Et saisit dans sa main son col; le brun s'arrête
Tout essoufflé, riant et renversant la tête;
Le pierrot met son masque aplati sous son bras;
Le brun lui dit très fort : « Tu sais, tu ne l'auras
Pas, tu peux te fouiller, tu peux te fouiller, j'ose

Te le dire, » sa main serre fort quelque chose;
Il agite son bras, voulant le dégager,
Car le pierrot le tient et dit : « Pas de danger,
Va, malgré tous tes grands gestes, que je te lâche. »
Puis, remontant le bras jusqu'à la main, il tâche
De lui rouvrir, tous, l'un après l'autre, les doigts;
Il y met les deux mains; l'autre rit; plusieurs fois
Il soulève l'index, haut; mais le brun profite
De ce qu'il en travaille un autre, pour bien vite
Le refermer; enfin le pierrot introduit
Son doigt, en le tournant, dans sa main, puis s'enfuit
En emportant ce qu'il voulait. L'autre lui crie :
« Il faut recommencer tout ça sans que je rie,
Tu comprends, je perdais toute ma force, moi,
Viens donc. »

*
* *

Gaspard demande à Roberte : « Pourquoi
N'ôtes-tu pas ton voile ? » Elle dit : « Oui, j'y pense,
Je ne sais vraiment pas pourquoi je me dispense
D'y voir clair. » Il répond : « Je vais t'aider, veux-tu ? »
Ils s'arrêtent tous deux. Puis, ayant rabattu
Le capuchon, il prend le masque, puis dénoue
La voilette, disant : « C'est que, tu sais, j'avoue
Que je l'avais serrée, en la mettant, très fort,
Pour que ça tienne mieux ; mais j'ai peut-être eu tort,
Car je n'arrive plus moi-même à la défaire ;
Ah si, voilà. » Roberte, en s'en ôtant, préfère
Qu'il la garde, disant : « Ah ! ça me semble un peu
Drôle, moi, tout à coup, de ne plus y voir bleu ;
Je dois être, dis-moi, joliment bien coiffée ? »
Il lui dit qu'elle n'est pas trop ébouriffée,

Juste un peu seulement, mais que ça ne fait rien.
Avec ces cheveux-là que ça lui va très bien.
Elle remet quand même autour de sa figure
Son capuchon. Il dit : « Non, c'est vrai, je te jure,
Vois-tu, tu n'aurais pas dû le remettre. » Puis,
Y pensant à son tour, il dit : « Vraiment, je suis
Bien bon, moi, de garder toujours mon masque. » Il ôte
Son chapeau dont la pointe est creuse, un peu moins haute,
Comme si l'on avait tronqué de son sommet ;
Puis, la pointe tournée en arrière, il le met
Sous son bras ; il saisit un peu l'étoffe rouge
Du bonnet phrygien à la pointe qui bouge,
Avec le caoutchouc qu'il lâche d'un coup sec
En enlevant le masque ; il met les deux avec,
L'un dans l'autre.

       Quelqu'un là-bas se débarrasse
De tous ses confettis en laissant une trace
Blanche dans l'air. Gaspard pense : « Nous pourrions bien
Faire avec nos deux sacs ce qu'il fait pour le sien

Celui-là, car ce n'est vraiment guère la peine

Que la chambre, après ça, soit complètement pleine

De confettis. » Il met son sac presque à l'envers,

Roberte aussi; coulant par les bords entr'ouverts,

Tout ce qui leur restait s'en va; la grosse pelle

De Gaspard tombe avec toute une ribambelle

De confettis rangés dans son cintre. Gaspard

La ramasse avec sa main libre, puis repart

Dès qu'elle est de nouveau dans son sac, disparue.

Roberte, apercevant à sa gauche la rue

De la Terrasse, dit qu'il faut prendre par là

Pour rentrer à l'hôtel; Gaspard lui dit qu'elle a

Raison, et tous les deux tournent alors à gauche.

Un gamin en pierrot, déguenillé, chevauche

Un autre en pèlerine à capuchon, très gros,

Qui trotte en le portant comme rien sur son dos.

V

Le soir, après dîner, tous les deux, côte à côte,
En écoutant la mer sur la plage moins haute
Qu'eux, marchent à peu près tout seuls, doucement, sur
La Promenade des Anglais. Le ciel est pur
Et la nuit presque pas plus fraîche, mais sans lune.
Ils ont la mer à gauche ; à droite, la tribune,
Très longue, en fer et bois, qu'on met tous les hivers
Aux batailles de fleurs, et qu'ils voient à l'envers.
Tous les quinze ou vingt pas à peu près, quand on passe
En regardant à droite, à côté d'un espace

Séparant la tribune en deux, on aperçoit
La route tout d'abord, puis un trottoir, puis soit
Quelque lanterne à flamme hésitante qui brille
Avec un nom quelconque au côté de la grille
Ouverte d'un hôtel, soit le fragment d'un mur
Bas, avec, au-dessus, quelque feuillage obscur.
Quelqu'un, sur le trottoir, là-bas, en passant, tousse.
A gauche, vers la mer, parfois plus ou moins douce,
Une descente en pierre et très courte aboutit
Sur les galets. Parfois, pendant un très petit
Moment, on voit sécher de longues traces blanches
D'écume. Là, plusieurs constructions en planches
Se suivent, d'assez loin, vagues chalets bâtis
Avec d'étroits volets, sur de gros pilotis
Inégaux, se plantant du sommet de la pente
Jusqu'aux galets, ainsi qu'une étrange charpente.
Devant celui-ci sèche un costume de bain
Marron et blanc, ayant la taille d'un bambin,
Faisant un peu ployer une longue ficelle.
Tout au loin, dans la mer, semblant une étincelle,

Un phare fait trembler, sans s'éteindre, son feu.

Roberte, sans manteau, dans un costume bleu,
Avec, au col, un nœud en foulard jaune paille,
Marche contre Gaspard qui la tient par la taille;
Son chapeau, très petit, en jais et velours noir,
Traversé d'une longue épingle, laisse voir
Beaucoup de ses cheveux. Gaspard a le costume
D'un marron mélangé, complet, qu'il a coutume
De mettre tous les jours et qui fait le genou,
Sans paletot non plus avec son chapeau mou.

Après cette journée, ils n'ont pas eu l'envie
D'aller recommencer tous deux la même vie
Encore, parmi tous les masques et le bruit,
Et de se promener dans la fête de nuit
Qui, de nouveau, rassemble, en costumes, tout Nice
Là-bas, et doit finir par un feu d'artifice.
Ils ont voulu plutôt jouir de ce beau soir
Tranquillement.

Gaspard lui dit : « Veux-tu t'asseoir ? »
Pendant qu'en avançant le menton il lui montre
Un des bancs exposés à gauche, qu'on rencontre
Seuls ou deux à la fois, tous les cinquante pas,
Et dont le dossier plat est mobile d'en bas ;
Celui-là, juste, a son dossier en équilibre,
Au milieu, droit ; Gaspard lui fait voir qu'on est libre,
Sans se donner de mal, de le mettre où l'on veut,
Qu'on n'a qu'à le pousser du petit doigt, qu'on peut
Aller se reposer et goûter la détente
De l'heure en regardant au loin, si ça la tente,
Et surtout qu'elle n'ait pas peur de prendre mal.
Roberte dit : « Vraiment c'est très original,
Ces dossiers complaisants ; mais il faut se connaître,
Pour pouvoir s'appuyer deux ensemble, ou bien être
D'accord, sans quoi c'est bien incommode ; ma foi,
Je crois que j'aime autant flâner un peu ; pas toi ?
Continuons encore. » Il lui répond : « C'est comme
Tu voudras, moi ça m'est indifférent en somme. »

Elle chantonne un peu : « Prom'nons-nous dans les bois,
Rythmant de son pas lent; puis reprenant sa voix :
« Hein, qu'on est mieux ici qu'à Paris, tu ne trouves
Pas ? » Il répond : « Oh ! si. » Puis elle : « Tu m'approuves.
Alors, de t'avoir fait planter là ton maudit
Théâtre de malheur où l'on ne t'applaudit
Jamais suffisamment, comme tu le mérites,
Où l'on ne te comprend pas, où tes hypocrites
De camarades sont là tous après toi tant
Qu'ils sont. » Lui : « Sois tranquille; ah ! je suis trop content
De ne plus être là dans cette affreuse boîte;
Va, maintenant c'est bien fini, je ne convoite
Plus avec cette ardeur splendide, aucun succès;
Je te promets qu'ils sont bien loin les beaux accès
De désespoir farouche et de rage impuissante,
C'est bien fini; pourvu maintenant que je sente
Ma Roberte tout près de moi, comme ça, là,
Je ne demande plus rien à personne. » Il l'a
Serrée un peu plus fort avec son bras; il baisse
La tête vers son front, à gauche; elle se laisse

Embrasser aux cheveux en disant : « Mon chéri, »

Puis plonge dans le sien son regard attendri.

Ils restent quelque temps de la sorte, en silence ;

Tout doucement pendant qu'il marche il la balance

En la fixant toujours de son regard câlin ;

La bouche tendrement en avant, il dit : « Hein,

Comme on se moque un peu du reste tout de même,

Quand on est tous les deux ensemble et quand on s'aime.

Il serre de nouveau, puis lui donne le bras

En lui lâchant la taille. Il demande : « Tu n'as

Jamais eu de regrets, après, de t'être enfuie

Si vite ainsi ? » Tout en marchant elle s'appuie

Sur lui tous les deux pas ; elle répond : « Jamais...

Jamais... jamais. » Il dit : « Et si tu ne m'aimais

Plus ? » Elle fait : « Voulez-vous bien un peu vous taire,

Monsieur. »

En ce moment ils trouvent de la terre

Sous leurs pieds, remplaçant tout à coup le sol dur

Très uni, régulier, de larges pierres sur

L'espèce de bitume à rainures desquelles,
Quoique se posant très lentement, leurs semelles
Faisaient à chaque pas un bruit sec et léger.

Gaspard reprend : « Tu sais, on croit qu'il va neiger
A Paris, il paraît qu'une nuit la surface
Des bassins a gelé ; je ne crois pas qu'il fasse
Pourtant pendant le jour encore un froid de loup ;
Nous pourrions bien avoir ici le contre-coup
De ça. » Roberte dit : « Oui, ce serait à craindre,
Mais jusqu'à présent nous n'avons pas à nous plaindre.
Il faut dire que sauf deux ou trois jours, depuis
Une bonne quinzaine au moins, même les nuits
Sont très douces aussi, c'est extraordinaire. »

Il dit : « Je ne suis pas sûr qu'il soit centenaire,
Celui-là, » lui montrant un tout petit palmier
A droite, rabougri, mince. « C'est le premier,
Je suis sûr, que je vois encore aussi grotesque ;
Je crois qu'en essayant il m'arriverait presque

A l'épaule, en trichant. » Roberte dit : « Au fond,
C'est ridicule, tous ces embarras qu'ils font
En paraissant se croire en plein dans les tropiques,
En transplantant tous leurs palmiers microscopiques ;
Ce sont à peine des mandarines que leurs
Oranges soi-disant ; et les envois de fleurs,
Elles sortent toujours directement des serres,
Et du reste elles sont à peu près aussi chères
Qu'à Paris. » Il répond : « Oh ! bien meilleur marché,
Ça, non. »

Elle reprend : « On a beaucoup marché
Par ici, » lui montrant sur la terre un peu molle,
Humide, on ne comprend trop comment, et qui colle,
Dans tous les sens, beaucoup, là, de traces de pas ;
Un talon a de gros clous carrés ; il dit : « Pas,
En ce moment toujours, c'est vraiment incroyable
Comme on voit peu de gens, nous devons être au diable
Déjà, je suis sûr, nous n'avons plus de raisons
Pour jamais revenir sur nos pas, nous causons

Sans penser que nous nous éloignons. » Il s'arrête

Avec elle un instant et retourne la tête;

Puis après un coup d'œil il dit : « Ah! bien non, tiens.

Je nous croyais plus loin que ça. » Puis elle : « Viens

Un peu contre le bord voir à quelle distance

Est la mer à peu près; ce n'est pas l'assistance

Qui gênera la vue; écoute un peu, tu crois

Qu'en ayant du sang-froid et qu'en étant adroits

De ses pieds et qu'avec ça l'on invoque l'aide

Du bon Dieu, ce serait tout de même trop raide

Pour qu'on puisse descendre à la plage sans rien

Se casser, là-dessus? » Il répond : « Je veux bien

Essayer si tu veux, mais tu sais, prends bien garde,

Fais attention, va doucement et regarde

Tout le temps à tes pieds, c'est important, sans quoi

On glisserait très bien; tiens, au fait, donne-moi

La main, ça vaut beaucoup mieux. » Elle la lui donne

Et se met tout à fait au bord. Elle fredonne

Deux fois, improvisant n'importe quoi. « Je vas

Me flanquer sur le nez. » Il lui dit : « Ne fais pas

De bêtises, voyons, c'est inutile ; à force
De plaisanter, tu vas prendre une bonne entorse ;
On peut parfaitement tomber, est-ce qu'on sait ? »
Roberte, en commençant à descendre, dit : « C'est
Bien ce que je dis, va, je ne me sens pas fière
Du tout, moi, là-dessus. » Le sol est tout en pierre,
Assez raide, mais très en relief et rugueux,
Ce qui le rend au pied moins difficultueux ;
Et partout formant des rayures sur la·pente,
En anneaux inégaux et mal formés, serpente
Une sorte de gros trait plat, comme en ciment,
Entre les pierres. Lui, reprend : « Décidément
Je crois que nous n'allons pas avoir trop de peine
Pour arriver en bas. » Elle dit : « Je suis pleine
De courage, du reste en voilà la moitié
De faite, maintenant, Seigneur, ayez pitié
De nous. » Il recommande encore : « Ne me lâche
Pas avant d'être en bas surtout, ou je me fâche
Pour de bon. » Elle dit : « Oh ! pour ça, ne crains rien.
D'abord tu me tiens bien, et moi je te tiens bien

Moi-même; comme ça, ça fait que si je bute
Et que je fasse avant d'arriver la culbute,
Je ne serai pas seule au moins, et tu me suis. »
Elle ajoute, marchant sur des galets : « J'y suis !
Ah ! c'est bon de sentir sous ses deux pieds, au terme
D'un voyage aussi dur que ça, la terre ferme,
Surtout après avoir eu tant d'émotions ;
Nous nous en sommes bien tirés, hein ? nous étions
Faits, vois-tu, tous les deux, pour habiter la Suisse ;
Mais j'y songe à présent, dis donc, crois-tu qu'on puisse
Remonter aussi bien qu'on descend ? sans cela
Nous serions obligés de passer la nuit là,
Pourtant si nous allions être pris par la lame ? »
Gaspard, se rapprochant d'elle, dit : « Oui, madame,
Certainement, je vous promets que nous pourrons
Remonter, j'en suis sûr, et que nous ne mourrons
Pas ici, cette fois encore, je vous jure. »
Il la fixe, en parlant tout près de sa figure,
Puis, avec ses deux mains, doucement il lui prend
La tête, lui donnant un baiser qu'elle rend

Long, et qu'elle prolonge, elle, après, sur la bouche ;
Puis il dit, regardant quelques moments la mouche
Qu'elle a là : « Ça vous donne un peu l'air espagnol. »
Du pouce ensuite, à gauche, il écarte son col
En disant : « Qu'il est dur ! vilaine couturière,
Va ! » Puis il met sa bouche, en l'enfonçant, derrière
L'oreille, dans le col, au milieu des cheveux
Follets, en murmurant tout enfoui : « J'en veux,
J'en veux, » et la serrant bien fort avec tendresse.

Il reste très longtemps ainsi, puis se redresse
En la gardant encore un moment contre lui ;
Il dit en la baisant au front : « C'est qu'aujourd'hui
Je n'ai pas eu mon compte avec cette bataille. »
Puis il la prend de son bras gauche par la taille ;
Il l'aide pour marcher, et tous les deux s'en vont
Vers la mer qu'on entend, près, et qui se confond
Avec le ciel. Il dit : « Qu'on est bien ! » pour réponse
Elle lui tend son front à baiser. On enfonce,
En avançant avec peine, dans les galets.

Devant, on voit parfois tout à coup des reflets
Rayer l'enroulement humide de la vague,
Puis disparaître quand elle s'étale, vague
Dans le noir, en faisant un tumulte plus fort
A cet endroit. Bientôt ils s'arrêtent au bord
En voyant miroiter tout humide la trace
De l'eau. Roberte lui tend sa bouche ; il l'embrasse
En la serrant avec ses deux bras, de nouveau,
Longuement et longtemps. Puis ils regardent l'eau,
Écoutant pétiller en se séchant l'écume
Des vagues à leurs pieds mêmes. Roberte hume,
Disant : « C'est drôle, il n'est pas salé du tout, l'air.
De temps en temps on voit, même loin, sur la mer,
Très vite, miroiter un espace de houle ;
Puis tout redevient noir, sombre. La vague roule
Puissamment les galets mouillés, avec un bruit
Qu'on croit cesser parfois, mais qui se reproduit
Au loin, dans un endroit quelconque de la côte,
A droite ou bien à gauche. Une vague plus haute
Les force en ce moment à reculer d'un pas,

Bue entre les galets de suite, pour ne pas
Avoir le bout des pieds atteint.

                          Roberte songe
Sans rien dire. Gaspard reprend : « Veux-tu qu'on longe
Le bord ? » Mais elle dit : « Oh ! remontons plutôt.
Ces galets, ça fait mal, nous serons mieux là-haut ;
Tiens, faisons une course en montant, hein ? attrape
Moi. » Relevant un peu sa jupe, elle s'échappe
En courant, vite ; mais elle s'arrête au bout
De quelques pas, faisant : « Aïe ! » et reste debout,
Immobile. Gaspard arrivant dit : « Bécasse,
Pourquoi fais-tu cela ? c'est ainsi qu'on se casse
Quelque chose. » Elle dit en riant : « Ce n'est rien,
Mon pied a tout à fait tourné, mais ça va bien
Maintenant. » Il reprend : « Comment veux-tu qu'on courre
Là-dessus ? » De nouveau tendrement il l'entoure
De ses bras, en joignant, bien serrés, ses dix doigts
Sur sa taille. Il lui dit : « Vous savez, cette fois,
Je ne vous lâche plus jamais, puisque vous êtes

Aussi peu raisonnable, et puisque vous vous faites
Du mal quand je suis loin. » Presque sans se baisser,
La tenant toute droite il lui met un baiser
Devant, sur les cheveux; il dit : « Vous êtes belle,
Vous savez. » Tous les deux partent lentement. Elle
Se fait lourde, appuyant contre lui tout son poids;
Il la presse souvent, beaucoup plus fort.

                             Deux voix

Parlent en haut, sur la promenade, et deux ombres
Passent en s'agitant, l'une en vêtements sombres
Ordinaires, la canne en main, l'autre en pierrot;
Le pierrot fait de grands gestes. Puis c'est le trot,
Accompagné de coups de fouet, d'une voiture
Qui passe sur la route au loin. Le trot, lent, dure
Quelque temps; le cheval, ensuite, allant au pas,
Tourne dans une rue.

                Ils arrivent au bas
De la pente; elle dit : « Ah! voilà donc l'horrible

Ascension enfin, c'est le moment terrible,
Comment allons-nous faire ? il s'agit de gravir
Tout ça, c'est effrayant; on pourrait se servir
Des mains peut-être, pour monter à quatre pattes;
Ou bien faisons plutôt comme les acrobates
Dans les cirques : je vais, moi, me mettre à genoux
Sur ton dos, tu seras à quatre pattes, nous
Monterons comme ça, hein ? » Gaspard la regarde
Parler en souriant; il murmure : « Bavarde! »
Elle sourit aussi, puis dit : « Je t'aime tant,
Mon Gaspard, je t'adore; et toi, dis ? » et lui tend,
Le serrant dans ses bras, sa bouche qu'il lui baise
Longtemps. Elle lui dit : « Ah! pour que je me taise,
Puisque je parle tant, dame, c'est un moyen
Comme un autre. » Gaspard répète : « Qu'on est bien. »

Puis au bout d'un instant il se tourne et la lâche
En lui donnant la main pour monter. Il dit : « Tâche
De bien t'aider de moi surtout, en me suivant. »
Il met déjà son pied sur la pente, en avant;

Mais elle dit : « Attends, attends. » Elle s'occupe

De relever avec sa main droite sa jupe

Un peu sur le devant; puis elle dit : « Allons. »

Il ajoute : « Tu vas appuyer tes talons

Bien ferme, n'est-ce pas ? Attention, je monte,

Es-tu prête ? » Elle dit : « Va, je suis prête. » Il compte,

Lui secouant trois fois la main : « Une, deux, trois, »

Et part. Roberte dit : « Toi, qu'est-ce que tu crois

Qu'elle peut bien avoir de hauteur, cette côte

Terrible ? » Il dit : « Je pense à peu près qu'elle est haute

De trois mètres, peut-être un peu plus, je ne sais. »

Elle dit : « Je vais bien; si je te dépassais

Avant que nous soyons en haut, ce serait drôle,

Hein ? » Elle se dépêche un instant et le frôle,

Gardant toujours sa main. Ils posent tous les deux

Le pied en même temps, juste, en haut. Autour d'eux

Tout est désert. Roberte en se mettant à rire

De sa course à la fin, dit : « Mais c'était bien pire

A descendre après tout qu'à monter, on est fou

D'avoir si peur de ça. » Lui, demande : « Par où

Allons-nous maintenant? veux-tu qu'on continue
Plus loin? » Elle répond : « Oh! bien, elle est connue
Cette route; ma foi, nous n'avons pas besoin,
Il me semble, c'est vrai, d'aller tellement loin,
Puisque la promenade est tout le temps la même.
Nous l'avons déjà fait plusieurs fois très loin, j'aime
Mieux retourner. » Il dit : « C'est comme tu voudras,
Retournons tous les deux. » Il la prend par le bras
Gauche; ils vont à pas lents, tout doucement. A droite
La mer, en s'agitant, de temps en temps miroite
En montrant un sommet de vague, et redevient
Sombre presque aussitôt.

                              En marchant, Gaspard tient
Contre lui, de sa main, l'avant-bras de Roberte,
Serrant sur sa poitrine aussi sa main ouverte
Et la lui caressant. Il dit : « Je suis heureux,
Bien heureux. » Puis il la chatouille dans le creux
De la main, effleurant à peine l'épiderme
Des ongles, doucement; mais elle la referme

Vite, gardant serré son poing en lui criant :
« Ah ! non, pas ça, dis donc, pas ça, hein ? » en riant.
Il sourit, et rouvrant sa main, il lui tapote
Dedans, tout doucement. Ensuite il lui tripote
Les doigts l'un après l'autre ; arrivant au petit,
Il le plie en tous sens, puis il l'assujettit
Au quatrième. Ensuite elle-même les noue
Au doigt de sa main droite à lui. Contre sa joue
Il vient d'apercevoir, flottants, quelques cheveux
Formant toute une mèche. Il dit : « Attends, je veux
T'enlever, et remettre à sa place, une mèche
Qui traîne sur ta joue, attends voir. » Il se lèche
Un peu le bout du pouce et du deuxième doigt,
En allongeant la langue à peine. Il dit : « Ça doit
Te gêner, » puis il la réapplique derrière
L'oreille.

          Tout le temps, à gauche, une barrière
D'étroits morceaux de bois, avec, au milieu d'eux,
De minces fils de fer enlacés deux par deux

Pour les réunir, court; elle était là dans toute
La longueur qu'ils ont faite eux-mêmes de la route;
Une autre est mise en face; elles sont pour les jours
De batailles de fleurs, défendant le parcours.

Mais tout à coup l'on voit partir une fusée
Dans le calme. Roberte en est tout amusée,
Attendant ce qu'on va bien voir sortir, avec
Anxiété; bientôt, en faisant un bruit sec
De détonation, dans les airs elle éclate,
Laissant tomber plusieurs astres, rouge écarlate;
Au loin, l'accompagnant, une grande rumeur
Est arrivée ici, pleine de bonne humeur;
Une fenêtre, après le bruit, vient d'être ouverte
Sur la route, au premier d'une maison. Roberte
Demande, en s'arrêtant, à Gaspard, s'il ne sait
Pas où cela se tire. Il dit : « Je crois que c'est
Sur le cours. » Maintenant, dans la chambre assez sombre,
Tout un groupe nombreux, en arrivant, encombre
La fenêtre au premier, là-bas, de la maison;

Une voix d'homme dit : « Voyez, j'avais raison, »
Au milieu du murmure, autour, de tout le monde,
A l'apparition brusque d'une seconde
Fusée avec encore une clameur, qui part
Inattendue aussi, surprenante ; très tard,
Montant visiblement plus haut que la première,
Elle fait tout à coup une grande lumière
En parsemant plusieurs étoiles d'un beau blanc
Vif.

Gaspard reprend : « Si nous montions sur ce banc,
Veux-tu, comme ça si, comme je le présume,
Pour varier un peu, tout à l'heure, on allume
Un soleil quelconque ou des machines en bas,
Nous nous croirons toujours mieux placés, n'est-ce pas.
Elle dit : « Je ne vois pas le moindre reproche
A faire à ton idée, allons. » Elle s'approche
Du banc, vers le côté de la mer ; il la prend
Par la taille ; elle monte, et lui, se faisant grand,
Sur la pointe des pieds, autant qu'il le peut, l'aide ;

En la lâchant il dit : « Oh ! que vous êtes laide
D'avoir été si peu lourde ; dites, pourquoi
Ne pas avoir laissé tout votre poids sur moi ? »
Il monte sur le banc à son tour, tout près d'elle,
Et l'enlace. Là-haut on bouge une chandelle
Derrière, dans la chambre. Elle dit : « Oh ! je suis
Bien. » Il l'embrasse un peu près de la tempe.

                                         Puis

Une fusée encore, avec du bruit, s'élève
En agitant les gens au premier. Assez brève
Elle éclate très tôt, en pluie énorme d'or,
Qui dure peu.

              Gaspard lui murmure : « Trésor, »
Tout bas, en l'embrassant doucement dans l'oreille.

Une fusée à gros astres rouges, pareille
Exactement à la première avec un peu
Plus d'astres même, brille auprès d'un astre bleu

Tombé d'une autre, seul; ils vont juste s'éteindre
Quand une autre fusée, avant de les atteindre,
Jette une pluie aux tons différents et changeants
Dans leur ensemble; en haut, dans la maison, les gens
Se penchent l'un sur l'autre au bord de la fenêtre
Autant qu'il est possible; ils ont l'air de connaître
Un autre groupe un peu plus loin sur un balcon.

Gaspard, en n'entendant plus rien, dit : « Je crois qu'on
Doit brûler à présent tout en bas ces espèces
De soleils, de dessins, tu sais, toutes ces pièces
Immobiles ou non qui vomissent du feu. »
Elle répond : « C'est vrai, même je vois un peu
De reflet, sur un mur, là-bas, là-bas, qui danse;
Quelle cohue on doit y voir, hein, quelle chance,
Tout de même, par un temps pareil, que nous n'y
Soyons pas au lieu d'être ici; tiens, c'est fini,
Tout est sombre à présent, les pièces sont éteintes,
Elles n'ont pas duré longtemps; vois-tu les teintes
De lumière là-bas ne sont plus sur le mur,

On ne peut même plus le voir, il est obscur
Tout à fait. »

        Quelque temps on observe une pause
Dans le feu d'artifice. A la fenêtre on cause
Un peu. Roberte dit : « Eh bien, qu'est-ce qu'on a
A ne plus rien tirer, voyons donc. » Puis fait : « Ha ! »
Voyant une fusée énorme qui s'élance
Majestueusement et vomit en silence
Trois étoiles d'un beau jaune qui se font voir
Assez longtemps; puis tout devient encore noir.
Une autre monte et jette une pluie ample, verte,
Très brillante, éclairant vivement tout. Roberte
Dit, la montrant du doigt : « Regarde donc, ça fait
Sur le premier moment un très drôle d'effet.
On dirait qu'on ouvre un immense parapluie. »
Elle laisse tomber son bras, puis elle appuie
Sa tête sur Gaspard qui la presse plus fort
Un instant, l'embrassant sur les yeux; puis il mord
Sur son front, la serrant plus encore, une touffe

De cheveux, en disant : « Attends, que je t'étouffe. »
Il se redresse et dit : « Si nous ne nous étions
Pas rencontrés, pourtant. »

              Des détonations
Éclatent en grand nombre avec des lueurs blanches;
Des projectiles blancs forment comme les branches
En courbes d'un immense arbrisseau; fort ils vont
Dans tous les sens, faisant comme une gerbe dont
On ne voit seulement que la moitié qui passe;
Un peu plus d'un côté, sur une maison basse.
Roberte, en regardant, dit : « Est-ce que c'est ça
Qui serait le bouquet, tout à la fin, déjà ? »
Il lui dit : « Je crois pas, » tout bas, puis en profite
Pour lui baiser l'oreille et les cheveux.

                    Très vite
Une fusée en long tire-bouchon s'enfuit;
Puis sans se ralentir, avec beaucoup de bruit,
En haut, quelques instants elle se subdivise

En se tournant de tous les côtés qu'elle vise;
Elle fait des serpents se recroquevillant,
Qui lancent chaque fois au bout un point brillant
S'éteignant tout de suite; elle a l'air en colère.
Plus calme, une nouvelle en éclatant éclaire
Très vivement le ciel, de ses astres d'un bleu
Foncé, qui planent haut; tous, sauf un, durent peu;
Le dernier est toujours là quand une autre sème
Des chenilles restant immobiles au même
Endroit, ne descendant presque pas; elles sont
De toutes les couleurs, brillant peu; toutes ont,
Quoique durant beaucoup, bien le temps de s'éteindre
L'une après l'autre avec douceur, avant d'atteindre,
Si ce n'est de leur cendre en poussière, les toits.

Gaspard, de sa main gauche, en raidissant ses doigts,
Qu'exprès, beaucoup les uns des autres il écarte,
Avant qu'une fusée encore une fois parte,
Cache à Roberte, soi-disant, les yeux, pour voir,
Lui dit-il, si quand même elle pourra savoir

Comment chaque fusée est faite, sa lumière,
Sa couleur, tout enfin. En voyant la première
Aussi facilement que toujours à travers
Tous ses doigts, elle dit : « Ce sont des choses verts, »
Et demande : « Est-ce bien ? » Il dit : « Oui, » puis il boug
Ses doigts de droite à gauche. Elle dit : « Ça, c'est rouge, »
En en voyant une autre ensuite : « Est-ce qu'elle est
Bien rouge ? » Il répond : « Oui. » Puis elle : « Violet, »
Il dit : « Oui. » Elle dit : « Ah ! voilà des chenilles !
Encore, tiens, ça fait à la fois deux familles. »
Il répond : « C'est très bien. » Elle dit : « En voilà
Une autre, nous allons voir un peu ce qu'elle a. »
Et lorsque la fusée éclate, elle dit : « Pluie
D'or. » Gaspard reprend : « Hein, comme je vous ennuie,
Comme je suis méchant. » Puis il ôte sa main,
Pendant qu'une fusée éclate à mi-chemin,
Toute courte et manquée. Il dit : « Vous ne vous êtes
Pas trompée une fois ; dites, comment vous faites ? »
Il lui met lentement deux baisers tout pareils
Sur les deux yeux, pendant que de nouveaux soleils

Tournent en bas, on croit même, ici, les entendre.
Il lui donne plus fort une muette et tendre
Pression; elle dit en le fixant : « Gaspard,
Gaspard. » Une fusée isolée et qui part
Avant que les soleils soient encore éteints, monte
Excessivement haut, puis s'ouvre; Gaspard compte
Les astres qu'elle jette et dit : « Six, n'est-ce pas ? »

Maintenant on entend de nouveau tout en bas
Comme un immense feu qui gagne et qui crépite;
Une lueur plus vive et très rouge palpite
Là, sur le même bout de mur; et de nouveau
Une rumeur s'élève, un immense bravo
Qu'on sent vociféré par une grande foule;
On croit entendre aussi comme un soleil qui roule.
Gaspard, se haussant, dit : « Le voilà, le bouquet. »
A la fenêtre un blond glisse sur le parquet
En voulant se pencher trop, mais il se rattrape.
Très loin, probablement dans la cohue, on frappe
Des mains, avec des cris. La lueur rouge atteint

Son apogée et reste. Ensuite elle s'éteint
Lentement; un reflet s'entête au mur et dure
Très longtemps. Sur la route, au pas, une voiture
Marche à sa droite auprès des hôtels; le cocher
Ne cesse, en conduisant toujours, de se pencher,
Le bras gauche raidi sur son siège, en arrière;
Son ombre biscornue, en passant la barrière
De bois, avance vite; elle provient d'un bec
De gaz là-bas.

              Gaspard attend encore avec
Roberte, un peu, puis dit : « Nous pouvons bien descendre.
Ils ne doivent plus rien avoir que de la cendre,
Comme feu d'artifice. » Il saute le premier
Et dit : « Tiens, revoilà justement mon palmier
Centenaire tout près de nous; ça, c'est très drôle. »
Roberte met sa main droite sur son épaule
Et de l'autre prenant sa main, saute à son tour
Par terre; il la reçoit en disant : « Mon amour
De Roberte. » Il la prend et contre lui la garde

Quelque temps sans bouger du tout. Puis il regarde,
Et dit : « Continuons, hein ? du même côté;
Ça ne t'a pas fait mal au pied d'avoir sauté
Du banc ? tu sais, ton pied a tourné sur la plage. »
Elle dit : « Oh! je n'y pensais plus. » Un tapage
De gens passe très loin, chantant à pleine voix.
Roberte reprend : « Tiens, c'est drôle, je ne vois
Plus personne là-haut, au premier; ça m'étonne
Qu'ils n'aient pas attendu plus longtemps. » Il dit : « Donne
Moi tes mains et mettons-nous bien vite en chemin. »
Il vient de prendre dans sa main gauche, sa main
Gauche; lui faisant signe après, dans sa main droite,
Il lui prend sa main droite, et va. La mer miroite
De temps en temps; il fait calme partout. Parfois
Ils se disent tous deux : « Je t'aime! » à demi-voix.
Il écarte du pied un gros morceau de verre.
Par moments dans ses mains doucement il lui serre
Les siennes; tous les deux font ensemble leurs pas
Lents.

Quelqu'un à leur droite, en ce moment, en bas
De la pente, marchant sur les galets, sifflote
Un air; on sent qu'exprès de son souffle il tremblote
Comme une mandoline un peu, son sifflement
Toujours juste. On entend bientôt, au changement
Du bruit que fait son pas tout à coup, qu'il commence
A remonter la pente; il chante sa romance
Depuis quelques instants; Roberte qui la sait
Cherche à se rappeler, sans pouvoir, ce que c'est;
Il la chante en fermant la bouche, sans parole;
Elle cherche : « Voyons, c'est une barcarolle,
Je ne connais que ça. » La tête du chanteur
Émerge, puis son corps; il vient avec lenteur;
C'est un enfant, un groom d'hôtel ouvrant la porte,
Tête nue et petit; dans ses deux mains il porte,
Les éloignant du corps, des galets, tous très blancs;
Il a sur sa livrée et par devant trois rangs
De boutons aussi ronds que des boules, en cuivre.
Roberte dit tout bas : « Son air va me poursuivre,

Je suis sûre. » Il traverse en chantant derrière eux,
Puis siffle de nouveau, plus fort, d'un air heureux
Et sans tremblotement ; puis il se tait sur une
Note élevée.

Ils ont à gauche la tribune
Qui recommence ; allant en même sens, là-bas,
On entend résonner sur le trottoir le pas
D'un homme allant beaucoup plus vite qu'eux, qui longe
Le devant des hôtels ; chaque fois que l'on plonge
Dans un écart de la tribune, on peut le voir,
Un peu plus en avant à chacun, tout en noir,
Avec un chapeau gris ; bientôt il les dépasse,
On cesse de le voir, soudain, dans un espace,
Et l'on n'aperçoit plus personne nulle part.

Ils avancent toujours très lentement. Gaspard
Lui dit en souriant : « Il faut bien qu'on se taise
De temps en temps aussi, n'est-ce pas ? » Il lui baise
La main gauche à plusieurs reprises. Puis lâchant

Sa main droite pendant qu'elle redit le chant :
« Prom'nons-nous dans les bois, » il la prend par la taille,
Conservant sa main gauche. Au loin un groupe braille ;
On entend un cheval immobile hennir,
Loin aussi, par là-bas. Lui, sans la prévenir
Pour la faire tourner complètement, la pousse
Du bras droit, lentement, par une étreinte douce
Pendant qu'en pressant sa main gauche, il la retient
Toujours sans lui parler, la regardant. Il vient,
Lui, de s'arrêter là, mais sans qu'elle comprenne
Encore ce qu'il veut ; maintenant il l'entraîne
Plus fort, en la faisant tourner autour de lui,
En lui donnant toujours son bras pour point d'appui ;
Et presque sans savoir comment, elle se trouve
Dans le sens opposé. Lui, longuement la couve
Du regard, sans parler, en gardant son même air.
Ils repartent avec, à leur gauche, la mer.

VI

Par ce dimanche soir de la fin juin, la foire
De Neuilly bat son plein, mettant dans la nuit noire
Son vaste enfantement de tapage et de feux.
Dans le large et très long espace, entre les deux
Côtés élevés face à face, interminables,
Avec tous les attraits, les tirs imaginables,
La foule endimanchée et murmurante va
Lentement, avec un immense brouhaha,
Et s'arrête partout en flânant. Une boule
En métal rouge, avec un court fil de fer, roule,

Portant des points brillants sur elle, dans un coin;
Un enfant court après et la ramasse. Au loin
On entend taper fort sur une casserole,
Puis une aigre voix d'homme avec une parole
Monotone, pressée, entame un boniment
Qu'on n'entend pas; cela dure indéfiniment.
Dans la foule s'avance une grosse famille
Trapue; un peu derrière une petite fille
Très grosse aussi s'arrête en face d'un gamin
Joufflu; chacun prenant par un bout dans la main,
En serrant, une forte, étroite et mince bande
De papier rouge, tire; une flamme assez grande
Jaillit avec un bruit d'arme à feu du pétard;
Ils courent rattraper leurs parents. Quelque part,
A coups prompts, réguliers, cessant parfois, on cloue.
Assez loin, s'entendant le plus, un orgue joue,
Recommençant toujours, pas très long, le même air:
Il semble qu'on le tourne assez vite. D'en l'air
Tombe à profusion une clarté produite
Sur tout le champ de foire entier, par une suite

D'ensembles lumineux de boules aux tons chauds
Multicolores tous, et pareils à des hauts
D'arc de triomphe; ils font une lumière vive;
On voit des deux côtés, avec la perspective,
Leur long alignement étincelant qui fait,
En se rapetissant jusqu'au dernier, l'effet
De s'entrer l'un dans l'autre en lignes parallèles,
D'un dessin tout pareil, plus petit, sur lesquelles
L'éclat donne au sein des boules de la pâleur
Par l'éblouissement vif, à chaque couleur.
Là-bas, au pont touchant la Seine, un disque énorme
Tourne assez vite, très lumineux; il transforme
L'assemblage de ses divers tons, très souvent,
Se voyant au milieu de partout, et trouvant,
Par des combinaisons différentes sans cesse
Et nouvelles toujours, une grande richesse
De couleurs se fondant dans leur ensemble; pour
Le moment, assez large, on lui voit tout autour,
Du vert, avec, au centre, une teinte rougeâtre.

A gauche, quand on va vers la Seine, un théâtre,
Où monte un escalier très large de bois blanc,
Est long; une pancarte avec dessus : « Un franc »,
Est placée à l'entrée, au fond, dans une sorte
D'alcôve rouge, avec, à gauche, comme porte,
Rien qu'une draperie à gros plis et qui prend
Le côté de l'alcôve au devant aussi grand
Juste que l'escalier; la draperie est rouge
Aussi, comme en velours grossier; elle ne bouge
Pas; le large escalier d'abord aboutit sur
Un long plain-pied de bois. Tout du long, comme mur.
Une toile est partout recouverte d'espèces
De peintures; ce sont plusieurs scènes de pièces,
Chacune dans un grand encadrement en o.
A côté de l'alcôve, à gauche, un piano
Est ouvert, semblant vieux; les touches sont jaunâtres;
Les touches noires sont seulement très noirâtres,
Trop vieilles; le couvercle a l'air mal essuyé.

Là, de l'autre côté de l'alcôve, appuyé
Juste en face de la draperie où l'on entre,
Les pieds croisés, les mains rejointes sur le ventre,
Gaspard, avec un air paresseux de dégoût,
Tout seul, reste immobile en regardant partout;
On voit sur sa figure une grande amertume
Dans ses sourcils froncés. Il est dans un costume
Tout rouge avec un peu de noir, de Méphisto;
Atteignant seulement sa taille, un court manteau
Sans manches lui descend derrière les épaules
Sans venir par devant du tout; il a de drôles
De bas, complètement rouges, et des souliers
Rouges, à boucle noire, en pointe, singuliers;
Il a de vastes gants, aussi du même rouge,
Rayés trois fois de noir sur le dessus. Il bouge
La tête; il est coiffé, tout rouge, d'un chapeau
Étroit à plume noire; écartant de sa peau
Un peu, sur une tempe, une perruque rousse
Avec de l'or, lui fait la tête grosse. Il pousse

Lentement un soupir et se croise les bras
En s'appuyant toujours de son épaule.

*
* *

         En bas
De l'escalier il passe une foule de monde
Allant dans les deux sens; une femme qui gronde,
Lui secouant un peu le poignet, un enfant
A grand col rabattu touchant mal, lui défend
De rester en arrière, et dit : « Il faut qu'il fasse
Des bêtises toujours, c'est drôle. »

         Juste en face,
Éclairé par plusieurs lampes en haut, un tir
Est assez peu profond, large; on entend partir

Des coups nombreux que font plusieurs tireurs; un homme
Pose sa carabine et montre du doigt, comme
Si pour changer un peu maintenant il voulait,
Au lieu de carabine, avoir un pistolet;
Puis il reprend, changeant d'avis, sa carabine;
Une femme l'attend avec une bambine
Qui se bouche les deux oreilles de ses doigts
Tout le temps, en serrant plus fort toutes les fois
Qu'un coup part; tout au fond s'alignent des poupées
De plâtre à grosse forme; et des pipes, coupées
Quelquefois, mais souvent encore entières, font
Des cercles, leurs tuyaux au centre, sur le fond
Noir du mur tout couvert aussi de cibles. Quatre
OEufs tournent au plafond; un coup vient d'en abattre
Un; on ne le voit pas tomber; le fil de fer
Continue à tourner sans rien.

                    . Il fait très clair
A gauche du tir dans une longue boutique
Où l'on voit, arrêtée, une seule pratique,

Une femme nu-tête en châle; des quinquets
Sont pendus au plafond, très vifs; des tourniquets
Sont espacés de loin en loin, et chacun porte,
Formés en pyramide, attachés, toute sorte
D'objets; on fait tourner l'avant-dernier avec
Une espèce de bruit monotone, très sec,
Que font les dents de fer proches du pourtour, contre
Une lame en métal, souple; la femme montre,
En étendant le bras droit, quelque chose sur
Une planchette, au fond, s'allongeant sur le mur;
La marchande regarde où son doigt lui désigne,
Puis en levant les bras elle dérange un cygne
En porcelaine avec un bec jaune très grand,
Et le posant plus loin, par derrière, elle prend
Une poupée en rouge et noir, en villageoise;
Elle lui tire un peu sa jupe.

                    Gaspard croise
Ses pieds dans l'autre sens; toujours il se soutient
L'épaule sur le mur. Du regard il revient

Plusieurs fois sur le tir; juste au centre un œuf saute
Sur un jet d'eau; le coup d'un gros pistolet l'ôte,
Et le jet d'eau, très fin et rapide, qui n'est
Plus entravé par la coque qui retenait
Son élan, fait alors sa courbe tout entière.

En face, dans l'alcôve, un instant, la portière
Se gonfle comme avec un léger courant d'air,
Mais elle redevient aussitôt droite.

                                        L'air
Toujours pareil de l'orgue, assez loin, continue;
Avec une cadence à la fin trop connue,
Il finit et reprend sans cesse. Tout à coup
Son vacarme est couvert par un orgue beaucoup
Plus près, et qui se met à faire un bruit énorme;
Un homme, devant lui, sur une plate-forme
Le tourne; fort, il crie un ordre, enflant la voix
Dans le bruit; tout autour de gros chevaux de bois
Sont souvent deux de front; un enfant en chevauche

Un déjà, trottant sans bouger. Ils sont à gauche
De la longue boutique aux tourniquets. En haut
Des lampes font un fort éclairage. Bientôt
Du monde arrive en masse. Une femme s'installe
En s'aidant d'un gros homme en marron; elle étale
Sa jupe sur la croupe et se met à crier,
Car l'homme en lui mettant le pied dans l'étrier
Lui pince le mollet. Une femme inquiète
Reste, en parlant, debout auprès d'une fillette
Qui vient de s'installer, vite, à califourchon,
En mettant dans son dos le tout petit manchon
Blanc qui lui pend au cou; la femme renouvelle
Plusieurs gestes prudents. Tournant la manivelle
Vite, l'homme surveille un peu tout; l'orgue fait
Des sons entrecoupés, hachés, donnant l'effet
De sortir bousculés et secs, de se poursuivre;
Devant on voit beaucoup étinceler le cuivre
Des larges pavillons de trompette que font
Des sortes de tuyaux touffus, sombres au fond
Dans leur milieu; sans cesse une foule hâtive

S'installe. On croit entendre une locomotive

Siffler soudain; un maigre enfant vient d'avoir peur,

Tournant la tête; c'est la machine à vapeur

Qui siffle avec de la fumée; elle commence

A faire aller en rond, bientôt vite, l'immense

Et lourde course; on voit des cavaliers sur tout

Le cercle vite empli par la foule; debout

Sur ses deux étriers, un enfant sur sa bride

Se cramponne très fort; la rapidité ride

La mince étoffe bleu clair du pan d'un foulard

De femme, qui dépasse en arrière du quart.

Des sortes de traîneaux, de voitures sans roues

Finissant en avant en pointe, par des proues,

Tiennent de temps en temps la place des chevaux.

On croirait d'abord voir toujours des gens nouveaux,

Puis on les reconnaît, venant aux mêmes places

Pareils. Sauf à l'endroit pris par l'orgue, des glaces

En polygone sont au milieu, tout autour,

Et pourraient faire croire à de l'espace à jour;

Aux soudures de chaque un peu de reflet tremble

De haut en bas au verre épais, verdâtre; il semble
Que des autres chevaux de bois, tout pareils, font
Une ronde dedans, filant très vite, et vont
Dans la direction contraire, à la rencontre
Des vrais. Toutes les fois que l'orgue se remontre
Au tournant, son tapage alors devient plus fort;
Il va très vite là; parfois sur un accord
Brusque et sec il se tait pendant une seconde
Et reprend aussitôt son air. Beaucoup de monde
Les regarde tourner en s'arrêtant en bas.
L'enfant debout sur ses étriers ne veut pas
Se rasseoir. Une femme a ses doigts sur sa tempe.
En l'air, on peut des yeux suivre une seule lampe
Dans sa course, en voulant la séparer du rond
Lumineux que produit par son tournoiement prompt
L'ensemble continu, tourbillonnant, de toutes,
Ininterrompu presque. On peut avoir des doutes
Rapides sur le sens des vrais chevaux de bois
En regardant longtemps dans les glaces, parfois.
Un homme tenant bien fort sa bride se penche

En arrière et bientôt touche la croupe blanche,
Dure, de son cheval; mais tout de suite il perd
Par le vent son chapeau de paille à ruban vert,
Que le cheval d'après, pendant qu'il tombe, effleure.

Gaspard remet ses deux pieds comme tout à l'heure.

Là, du monde s'arrête à chaque instant, devant
Une table à tapis bleu posée en plein vent
Sur le passage, tout près du théâtre, à droite
De l'escalier; elle est tout en longueur, étroite;
Assez au bord, au bout le plus loin, un bougeoir
En cuivre a sur son bord, en bas, un éteignoir;
Encore longue et très épaisse une chandelle
Y vacille en fumant fort, avec autour d'elle
Une espèce de vase en verre, haut, pour la
Garantir du plein air; le feu, malgré cela,
Se couche, atteignant presque au bord du vase, comme
S'il n'avait rien. Debout contre la table un homme,
Son installation à même sur le sol,

Dans un habit voyant de velours noir à col
Blanc, élégant, très grand et mou, tout en batiste,
A des cheveux châtains, longs, ondulés, d'artiste;
Mais à sa face large et ridée au teint brun,
Et surtout à ses mains, on voit qu'il est commun.
D'une voix enrouée et sourde il dit la bonne
Aventure à la foule; en ce moment il donne
Deux tubes de cristal baroques, tout remplis
De renflements partout, de tournants et de plis,
Dans les mains d'une femme; il les tend par la boule
Qui les termine en bas, et la chaleur refoule
Aussitôt dans la main droite un liquide vert
Qui, chaque fois qu'il trouve un endroit plus ouvert,
Bouillonne, dans la main gauche un liquide rouge,
Qui, dans un renflement qu'il vient de trouver, bouge
En tous sens; l'homme alors, prétendant qu'il voit clair
Le caractère dans les tubes qu'il a l'air
D'examiner avec grand soin, se met à dire
A la femme des tas de choses qui font rire
Ses deux enfants auprès d'elle, qui sont ravis;

De la foule arrêtée écoute.

Vis-à-vis,
Là-bas, auprès du tir, plus à droite, une espèce
De grande plate-forme en carré, très épaisse
S'étale sur le sol même, tout en plancher
Sonore et poussiéreux; ne cessant de marcher
De long en large un homme, avec une sacoche
En bandoulière, a la main droite dans sa poche;
Devant, la plate-forme est libre; sur les trois
Autres côtés, un long au fond, deux plus étroits
Latéraux, sont des murs très bas que l'on dépasse;
On y voit, séparés chacun par un espace
Deux fois grand comme lui, des sortes de hublots
Sombres pour le moment à l'intérieur, clos,
Et dans chacun desquels se regarde une vue.
L'homme parfois se met à crier: « La revue
De l'année, entrez voir, messieurs, mesdames, » puis
Il énumère avec rapidité des bruits
Célèbres et récents: le crime de Vaucluse

Et l'exécution; l'accident d'une écluse;
L'aspect des lieux après le grand déraillement
De la ligne Paris-Bordeaux; le tremblement
De terre dans le Nord; la scène du cadavre
Trouvé dans un wagon à la gare du Havre,
La confrontation; l'aveu; le million
Volé par un garçon de recette à Lyon;
Le naufrage de la *Christine*; le sinistre
D'Orléans, l'arrivée en hâte du ministre,
Les victimes; tout un village incendié
Dans les Vosges à deux heures de Saint-Dié;
Deux maisons d'un endroit où la Loire déborde.
Devant, s'étendent deux moitiés de grosse corde,
Chacune se courbant sur deux piquets de fer,
Également distants deux à deux; une a l'air,
Celle à gauche, d'avoir sa courbe un peu plus basse;
L'homme l'a fait bouger en marchant; un espace
Est juste entre les deux pour passer au milieu.

Dans la foule, une femme, ici, dit: « Ah! grand Dieu! »

En riant, « non vraiment, est-ce que c'est possible ? »

En face un des garçons du tir glisse une cible
Qu'il entre en remuant, dans le cadre sans bord
En haut, juste adapté de taille, d'un support
Branlant, quand il y touche, un peu, fait d'une tige
En fer noir.

　　　　Une femme, en s'arrêtant, oblige,
Pour qu'il ne traîne plus ses souliers, un gamin
Aux pieds blancs de poussière, à lui donner la main,
En disant : « Tu deviens insupportable, George, »
Et l'entraîne avec elle ; il suce un sucre d'orge
Tout jaune dont le bout est déjà très pointu.

Tout à coup l'orgue des chevaux de bois s'est tu ;
Ça vient de s'arrêter ; une femme très laide
Fait des manières pour descendre ; un homme l'aide
En lui donnant les deux mains ; elle prend un soin
Ridicule en sautant, puis rebondit. Au loin

L'orgue qu'on entendait sans cesse tout à l'heure
Joue encore son air.

Une gamine pleure
En passant, se laissant emmener par le bras;
Son grand chapeau de paille au ruban crème, gras,
Pend dans son dos, sur ses cheveux, à l'élastique
Étiré de son cou.

Dans la longue boutique
La marchande, là-bas, remet un beau paquet
Bien fait, à deux soldats, puis lance un tourniquet.

Un gros homme, en passant, cause avec une bonne
A tablier à qui, tranquillement, il donne
Le bras; à voir, tous deux ne doivent pas venir
De loin, tout naturels; sans cesser de tenir
Avec son bras celui de la bonne qu'il garde
Serré, l'homme se tourne un instant et regarde
Derrière, à quelques pas; puis il appelle un chien

Qui reste à se gratter, en disant : « Veux-tu bien
Arriver, polisson, tu gratteras tes puces
Une autre fois. »

        Là-bas sont des montagnes russes,
A gauche, loin; en bas, un enfant très content
Qu'on l'y mène, gambade et chantonne. On entend
Le bruit des wagonnets parfois une seconde
Parmi les autres bruits un peu moins forts. Du monde
Se voit sur l'escalier à toutes les hauteurs,
Montant et descendant.

        Là, ce sont des lutteurs
Installés à côté du théâtre, à sa droite,
De front; un escalier donne sur une étroite
Estrade ressemblant au long plain-pied d'ici,
En plancher blanc avec la même rampe aussi.
Un lutteur sort avec son paletot, nu-tête,
En maillot; il descend trois marches, puis s'arrête,
Appuyé sur la rampe; il caresse un grand chien

Jaune qui le suivait.

Un gros collégien
A la figure rouge, égayée et comique,
Avec son képi trop derrière et sa tunique
Trop étroite pour lui dont sa grosseur tend, dur,
L'étoffe avec des plis, en passant monte sur
L'escalier en faisant tout du long la première
Marche, incommodément; on voit de la lumière
De deux couleurs, un point rougeâtre et deux points verts
Alignés sur chacun tout pareils, en travers,
Le point rouge au milieu, dans ses boutons de cuivre
Brillants, au reflet net; il se hâte pour suivre,
En tenant par la main sa mère, ses parents
Marchant plus aisément que lui, guère plus grands
Quand il a la hauteur en plus, lui, de la marche;
Le père, blanc, a la barbe d'un patriarche;
La mère a des gants bruns de fil, trop larges.

Deux

Amis s'écartent pour laisser passer entre eux
Un couple se tenant la taille, qui les croise.

Une femme s'arrête et dit : « Viens donc, Françoise,
Voyons, il faut toujours, toi, que tu sois ailleurs. »
Une grande fille en bas blancs la joint.

                                   Plusieurs,
Se suivant dans la foule, assez loin, marchent vite ;
Le premier, se frayant un passage, profite
De toute occasion pour se glisser devant
Les gens ; il se retourne, inquiet, très souvent
Pour voir s'il ne faut pas peut-être qu'il attende
Les autres ; mais chacun suit bien.

                                Toute une bande
Arrive près de la plate-forme, là-bas ;
Sans faire, pour monter dessus, un plus grand pas,
Ils entrent tour à tour ; une femme s'accroche
Un instant au piquet droit ; l'homme à la sacoche

Leur montre, en leur parlant, les hublots de la main.

Un homme, lentement, porte un petit gamin
A cheval sur ses deux épaules; l'enfant bâille;
L'homme a dans une main son gros chapeau de paille,
Et de l'autre, abaissant encore le bas bleu,
Il tient l'enfant par son mollet; il baisse un peu
La tête en relevant les sourcils au contraire;
Une femme, tenant un autre petit frère
Par la main, marche auprès de lui, son gant ôté
A la main droite, elle est grosse et rouge.

                                        A côté,
A gauche du théâtre, ici, l'on vient d'entendre
Commencer tout à coup une expressive et tendre
Mélodie au contour banal; un violon
La nuance beaucoup, enflant très fort selon
Les endroits; le son porte assez malgré l'espace.
Une harpe lui fait toute seule une basse
Lente, banale aussi, très régulière. L'air

S'entend à quelques pas du théâtre, en plein air,
Sous le feuillage à la toiture assez épaisse,
Mis sur des fils de fer espacés, d'une espèce
De long café; quelqu'un dit : « Qu'est-ce que tu bois? »
En entrant, sans qu'on l'ait vu.

                    Les chevaux de bois
Sont repartis avec une foule nouvelle.
On ne voit pas le même homme à la manivelle
De l'orgue; celui-là, cette fois, est gaucher.
Un enfant fait un peu le geste de faucher
De ses deux mains avec sa bride; il se remue
Des jambes tout le temps, fort; il est tête nue,
Les cheveux envolés.

*
* *

                    Gaspard, d'un air distrait,
Regarde de tous les côtés sans intérêt,

Sans paraître non plus penser à quelque chose
Et promenant ses yeux de la foule qui cause
Aux baraques, partout. A la fin, pris d'ennui,
Il tourne, en soupirant, la tête autour de lui,
Sans savoir; et les bras toujours croisés ensuite,
En se poussant un peu d'un coup d'épaule il quitte
Sa place; puis, faisant à droite quelques pas,
Il arrive devant la portière; du bras
Il l'écarte d'abord; en passant elle essuie
Son genou; maintenant de sa main qu'il appuie
A sa droite, il la tient complètement en l'air.
Dans la salle assez haute, en longueur, il fait clair;
A ses pieds mêmes trois marches hautes, sans rampe,
Descendent; devant lui, sur la scène, une rampe
Éclaire, relevé de son quart, un rideau
Souple représentant un immense jet d'eau
Dans un parc; en-dessous le plancher de la scène
Se voit, complètement vide; une odeur malsaine
De monde et de tabac circule, car on a
Tout à l'heure, devant salle comble, déjà

Une première fois joué toute la pièce,
Une pièce très courte en un acte, une espèce
De grosse farce à cinq personnages, vieux jeu
Avec, s'entremêlant au dialogue, un peu
De féerie; un instant le rideau qui frissonne
Se balance. Garpard, en ne voyant personne,
Regarde sans savoir pourquoi; puis il attend
Là, comme ne sachant pas quoi faire, un instant.
Enfin, lâchant sa main, il se retourne et laisse
La draperie aller; sans bruit elle se baisse
Et reprend ses anciens plis tout en ondoyant.

Gaspard avance un peu sur l'estrade, et voyant
Traîner avec les deux pieds en l'air une chaise,
A gauche, un peu plus loin que l'escalier, mauvaise
Comme paille, il la prend par un des pieds d'abord,
Puis saisit le dossier, et la posant au bord
Pour ainsi dire, très en avant de l'estrade,
Et le dossier tourné contre la balustrade,
Il s'y met à cheval, croisant sur le dossier

Très plat et droit qu'il sent un peu les lui scier
Ses bras qu'il a serrés bien fort; puis il allonge
Son pied droit tout à fait sur le plancher, et songe
De nouveau, le regard dans le vague.

*
* *

Depuis
Six semaines déjà tous liens sont détruits
Entre Roberte et lui; tous les deux sans ressources
Presque, après avoir fait encore plusieurs courses,
Allant et revenant sur tout le littoral,
Avaient vu qu'il faudrait en finir; leur moral
A tous deux n'avait plus été bientôt le même;
Sans doute, lui, parfois, doit s'avouer qu'il l'aime
Encore; il se surprend des jours à la chérir
De nouveau, mais il compte à force s'en guérir.

C'est un jour, à Menton, soudain, qu'elle est partie;
Le soir ils devaient faire encore une partie,
Car ils n'avaient jamais rien eu de grave entre eux;
Il était sorti seul prendre pour tous les deux
Assez loin de l'hôtel des places au théâtre;
Il la voyait toujours, dans sa robe rougeâtre,
Celle qu'il aimait tant et qui faisait si bien
Ressortir son teint mat, et n'ayant l'air de rien
Quand il était parti, l'embrassant. Tout de suite
En rentrant il s'était aperçu de sa fuite
Et, courageux, longtemps sur le grand canapé,
Calme, il avait songé; puis s'était occupé,
S'attendant après tout à cette fin normale,
Se croyant sans regrets, de renvoyer sa malle
Qu'en partant elle avait laissée, éparse, là.
Sans cesse il se disait : « C'est ainsi que cela
Devait être. » Il avait tout l'argent nécessaire
Et plus pour revenir. Mais bientôt la misère
Au bout de quelques jours à peine l'avait pris
Après son retour rue Alibert, à Paris.

Il n'avait pas voulu voir de nouveau personne
De ses rares amis dont aucun ne soupçonne
Même son arrivée. Ensuite il avait fait
Argent de tout, prenant jusqu'au dernier effet,
Jusqu'au dernier objet quelconque qu'il pût vendre.
Après, il avait dû chaque jour se défendre
Quelque chose, d'abord la viande, puis le vin.
Et toute la journée il s'en allait en vain
De théâtre en théâtre, en tâchant qu'on l'engage
Pour n'importe quel prix, avec tout son bagage
De genres; tous les jours il en faisait plusieurs.
Rien. Lenoir? il n'était pas connu; puis, d'ailleurs,
Encombrement partout; partout même demande
Par bien d'autres; pour lui, rien qui le recommande.
Il ne se lassait pas quand même. Tout, depuis,
Alors n'avait plus fait qu'aller de mal en pis.
Et c'est déjà de tous côtés couvert de dettes
S'accumulant toujours et l'épouvantant, faites
Chez plusieurs fournisseurs différents tour à tour,
Qu'il avait, par hasard, dans un journal, un jour,

Vu, l'esprit sous le **coup** encore d'un déboire
Reçu dans un théâtre infime, que la foire
De Neuilly quelques jours après devait ouvrir;
A la soudaine idée alors d'y découvrir
Un bout de rôle dans un théâtre ambulant,
Il s'était révolté tout d'abord, reculant
Avec tout son pouvoir devant cette pensée
Lui paraissant alors tout à fait insensée
De se faire forain, de tomber aussi bas;
Il n'y songerait plus, non, il ne voulait pas.
Plus d'une heure il avait soutenu cette lutte
Avec lui-même, sans pouvoir sonder sa chute,
Se refusant à croire encore; puis songeant
Toujours à sa ruine excessive, à l'argent
Qu'il fallait rendre, à sa position extrême,
Aux refus essuyés sans cesse, le jour même,
Après s'être longtemps, de nouveau, recueilli,
Il s'était dirigé d'un bon pas vers Neuilly.
Arrivé dans la foire encore toute pleine
De grands préparatifs inachevés, à peine

Au tiers de l'avenue il avait vu parmi
Plusieurs marteaux, encore assez mal affermi,
Ce théâtre, et semblant commander tout le monde,
La patronne, une grosse et forte femme blonde,
En pèlerine, avec un grand tablier bleu,
Parlant à haute voix en tous sens, au milieu
Des autres, marchant sur l'estrade déjà telle
Qu'on la voit là. Gaspard s'était approché d'elle,
Puis avait demandé : « Je voudrais savoir si
L'on n'aurait pas besoin de quelque acteur ici. »
Tout de suite elle avait répondu qu'oui; tout juste
Elle cherchait quelqu'un pour remplacer Auguste.
Puis ils avaient parlé quelque temps tous les deux
Avec toujours le bruit des marteaux autour d'eux.
A la fin elle avait dit qu'il revienne, qu'elle
S'occuperait de la voiture dans laquelle
Il coucherait; Gaspard alors était parti
Angoissé, murmurant tout seul, anéanti
Et ne pouvant se faire encore à cette idée
Que cette vie était maintenant décidée,

Qu'il était seul au monde et sans aucun appui,
Nulle part. Il était rentré vite chez lui,
Puis il avait erré dans sa chambre, dans l'ombre
Qui commençait, sans rien allumer, laissant sombre.
Et dès le lendemain même, devant quitter
Sa chambre pour toujours, afin de s'acquitter,
Il s'était occupé de vendre tout le reste
De son mobilier; puis à la somme modeste
Obtenue, il avait pu rajouter l'argent
De son lit, le dernier jour, en déménageant,
Et tout payer ainsi.

               L'existence plus dure
Encore avait alors commencé. La voiture
De saltimbanques pour toute chambre et maison;
Il n'avait pas encore assez de liaison
Ni de vie avec tous les autres de la troupe
Pour pouvoir bien souvent se mêler à leur groupe,
Presque toujours tout seul et pensif, à l'écart,
Voulant faire le plus possible vie à part.

Cet amour, cet oubli de tout avec Roberte,
Ce départ furieux, auront été sa perte.
Maintenant cette vie épouvantable, c'est
Peut-être pour toujours qu'il la mène, qui sait
Quand il pourra jamais reprendre sa carrière,
Et si son nouveau sort n'est pas une barrière
Infranchissable, presque, à tout espoir déjà,
Et s'il ne lui faudra pas toujours comme ça
Toute sa vie entière errer de foire en foire.
Pourtant il n'a jamais pu renoncer à croire
Sincèrement encore à sa vocation,
Il aime trop son art, trop à la passion
Pour ne pas, chaque fois qu'il y pense, y conclure.
Souvent tous les tourments de l'ancienne doublure,
Cherchant toujours en vain le succès, à tout prix,
Au plus profond de sa misère l'ont repris.
Il sent bien, même ici, la froideur unanime
Du public pour lui, dans le bout de pantomime
Introduit dans la pièce, et qu'il fait de son mieux,
Renfonçant son dégoût, avec des effets d'yeux

Etudiés. Parfois, malgré le temps, la honte
Avec un flot de sang rapide lui remonte
En bouillonnant dans son visage jusqu'au front,
Quand il se représente avec rage l'affront
Du soir terrible alors que de sa main crispée
Il ne parvenait pas à rentrer son épée
Dans le fourreau, piquant toujours à faux le bout,
Pendant que grandissaient les rires.

                      Malgré tout
Quelquefois reprenant son courage, il espère,
Voyant un changement insensé qui s'opère
Inattendu, trop beau, le faisant en finir
Avec ici; puis fait des rêves d'avenir.

*
* *

Mais là-bas, tout au fond de l'estrade, à sa droite,

La patronne, sortant par une porte étroite
Qui va dans la coulisse, avance par ici;
Un peigne paraissant en plomb, blanc, mais noirci,
Ciselé, qu'un zigzag comme une enjolivure
Surmonte, est planté droit et haut dans sa coiffure
Excentrique et surtout commune, de gala;
Par-dessus sa toilette exagérée elle a,
Tenant par une agrafe au cou, sa pèlerine
Qui, s'écartant devant, laisse voir sa poitrine
Décolletée; on voit jusqu'au coude ses bras
Nus; sous sa robe un peu courte elle a de fins bas
Clairs, bleu de ciel; sa robe aussi très claire, bleue,
Forme derrière, sans toucher terre, une queue.
L'étoffe en soie a, gros et très larges, des pois
Bleu plus sombre. Elle tient un tourniquet de bois
En forme de petit drapeau, par son court manche,
Dans la main droite; elle a l'autre main sur la hanche,
A plat; apercevant Gaspard, elle dit: « Ha;
Précisément je vous cherchais, vous êtes là. »
Elle reste devant l'escalier. Derrière elle

Est ensuite sorti par la porte, tout grêle,

Avec un nez en l'air, pointu, tout maigrelet

Une espèce de pitre à gifles, de valet

Louis quinze, en costume assez court, en tricorne

Noir sans galon, ayant l'air d'un comique morne;

Il a sous son veston brun un tablier blanc

Dont un coin se relève attaché sur le flanc;

Sa culotte est pareille à son court veston, brune,

En lainage; ses bas sont d'un vert pâle, prune.

Contre le piano, prenant un tabouret

Plat et dur comme si rien ne le rembourrait

Sous son dessus de cuir collé presque, il l'éloigne,

Puis l'élance en tournant, attendant qu'il rejoigne,

En enfonçant sa vis complètement, le pied;

Il crache promptement à sa gauche et s'assied,

Puis il ouvre de la musique qu'il apporte,

Un cahier relié, vieux. Là-bas à la porte

De la coulisse, un grand, en Louis quinze aussi,

Le milieu de sa joue assez peinte, grossi

Par un sifflotement qu'on n'entend pas, s'appuie,

En promenant partout un regard qui s'ennuie,
Au côté de la porte; il est tout en velours
Vert; bordant son habit, un galon à glands lourds
Tremblote; chaque gland paraît une émeraude
En poire; la patronne, en le voyant, dit : « Claude
Ne vient donc pas? » Il dit : « Pas encore, il remet,
Je crois, un peu de colle en bas de son plumet. »
La patronne répond : « C'est encore assez bête;
Si ça sèche... »

        Gaspard avait tourné la tête;
Il porte de nouveau ses regards devant lui,
Les bras toujours croisés au dossier; aujourd'hui
Peut-être encore plus crûment que d'habitude,
Il a le sentiment de cette solitude
Complète dans laquelle il se trouve parmi
Ces gens qui ne l'ont pas encore pour ami,
Dont le contact, au reste, à chaque instant le froisse;
En les voyant il sent s'augmenter son angoisse,
Et la réflexion longue de son malheur

Lui cause tout à coup une immense douleur,
Un dégoût de sa vie en la trouvant abjecte;
Son regard, se voilant, abondamment s'humecte,
Il murmure très bas : « Mon Dieu !... mon Dieu !... mon Dieu !...

*
* *

La patronne se tourne et dit : « Allez, Mathieu. »
Alors en s'agitant au piano, le pitre
Tourne vite une page et cogne le pupitre
Un peu sur le couvercle en la mettant à plat;
Ensuite avec un son vieux ayant trop d'éclat,
Il se met à jouer avec rythme une sorte
De valse assez dansante à la basse très forte;
Les notes durent trop; à la longue elles font
Un brouhaha dont tout se mêle et se confond,
Comme si la pédale y restait. La patronne,
En faisant aller son tourniquet qui ronronne

Très fort d'un bruit de bois, dit en criant : « Venez,
Mesdames et messieurs, on commence, menez
Tous vos enfants voir *Les Transes de la Marquise,*
Montez vite pour vous placer à votre guise,
Ce n'est pas cher, l'entrée est seulement d'un franc ;
Venez et vous pourrez vous mettre au premier rang. »
Parfois son tourniquet, pendant une seconde,
Fait seul son bruit sec, puis elle reprend. Du monde
Monte déjà ; Gaspard tourne la tête et voit
Ignace, la sacoche entr'ouverte, et qui doit
Être entré depuis peu de temps par la portière
Ouverte maintenant, à droite tout entière,
Se tassant sous la tringle où son poids est pendu
Par des anneaux ; Gaspard n'avait rien entendu
Pendant son arrivée au milieu du tapage
Du piano. Mathieu tourne encore une page ;
Une tache jaunâtre, assez brillante, a lui
Sur le papier. Gaspard regarde devant lui
Comme avant ; une femme en pliant une écharpe
S'arrête, pour s'aider de son genou. La harpe,

A côté, fait plusieurs mesures qu'on entend
Malgré le piano; le violon attend,
Puis, après le début de la harpe, commence
Doucement, avec une expression immense,
Très lentement, un chant religieux et doux;
Dans le fond du café, loin, on entend la toux
Violente et sans fin de quelqu'un qui s'étrangle.
La patronne, criant toujours, se range à l'angle
De l'escalier, à droite; elle n'arrête pas
De faire pivoter son tourniquet. Là-bas
Les chevaux de bois vont très vite, de plus belle;
Gaspard voit une femme en bleu qu'il se rappelle
Tout à l'heure avoir vue à l'avant-dernier tour;
En haut on voit tourner tellement fort le jour
Des lampes, qu'on ne peut plus en détacher une
En la suivant; plutôt grande, une femme brune
Est bien faite et posée avec grâce, un genou
Assez haut, très plié; le grand nœud rouge, mou
De son chapeau de paille à grande forme, tremble;
L'orgue est toujours tourné par le gaucher et semble,

Chaque fois que Mathieu va plus fort, assourdi;

Le gaucher fait l'effet qu'on doit être étourdi

De tourner près du centre en étant à sa place;

A chaque tour, très vite on remarque une glace

Qui fait un mince éclair avec un long défaut

Dans son verre, en biais et presque droit. Il faut

Prêter attention à gauche pour entendre

La harpe accompagner l'air religieux, tendre,

Que chante avec beaucoup d'âme le violon;

Un enfant fait sauter sous sa main un ballon.

La patronne, en mettant parfois des différences

Dans ses phrases, répète : « On commence *Les Transes*

De la Marquise, entrez, mesdames et messieurs. »

Gaspard regarde, en haut, les étoiles aux cieux.

1896.

Achevé d'imprimer

le onze mai mil huit cent quatre-vingt-dix-sept

PAR

ALPHONSE LEMERRE

6, RUE DES BERGERS, 6

A PARIS

BIBLIOTHÈQUE CONTEMPORAINE

Volumes in-18 jésus. Chaque volume : 3 fr. 50

DERNIÈRES PUBLICATIONS

BARBEY D'AUREVILLY .	*Journalistes et Polémistes*.	1 vol.
LÉON BARRACAND. . . .	*Un Barbare*.	1 vol.
ERNEST BENJAMIN . . .	*Cœur malade*.	1 vol.
P. DE BOUCHAUD. . . .	*Vie manquée*.	1 vol.
BOUNICEAU-GESMON. .	*Domestiques et Maîtres*.	1 vol.
PAUL BOURGET	*Recommencements*.	1 vol.
MARIE ANNE DE BOVET.	*Partie du Pied gauche*.	1 vol.
— —	*Parole jurée*.	1 vol.
JULES BRETON.	*Un Peintre paysan*.	1 vol.
J. DE LA BRETONNIÈRE.	*Adolescence*	1 vol.
PHILIPPE CHAPERON . .	*Fille de Légende*.	1 vol.
ARMAND CHARPENTIER.	*Le Renouveau d'Amour*.	1 vol.
ADOLPHE CHENEVIÈRE.	*L'Indulgente*.	1 vol.
FRANÇOIS COPPÉE. . .	*Le Coupable*.	1 vol.
GASTON DANVILLE. . .	*Vers la Mort*.	1 vol.
ALPHONSE DAUDET. . .	*La Petite Paroisse*.	1 vol.
JANE DIEULAFOY. . . .	*Déchéance*.	1 vol.
ÉMILE DODILLON. . . .	*La Grande*.	1 vol.
C.-B. DUMAINE	*Cervantes*.	1 vol.
PAUL FLAT.	*Figures de Rêve*.	1 vol.
ALPHONSE GEORGET . .	*Rêve brisé*.	1 vol.
ED. & J. DE GONCOURT.	*Sœur Philomène*. (Éd. Guillaume).	1 vol.
PAUL HERVIEU.	*La Bêtise Parisienne*.	1 vol.
GASTON HOMSY.. . . .	*Les Baisers restent*	1 vol.
OCTAVE HOUDAILLE. .	*Une Femme libre*	1 vol.
PIERRE HUGUENIN. . .	*A l'Américaine*.	1 vol.
JEAN LAHOR.	*La Gloire du Néant*.	1 vol.
A. DE LAMARTINE. . .	*Philosophie et Littérature*. . . .	1 vol.
HENRY LAPAUZE. . .	*De Paris au Volga*.	1 vol.
DANIEL LESUEUR . . .	*Invincible Charme*.	1 vol.
RENÉ MAIZEROY . . .	*En Volupté*.	1 vol.
Mᵐᵉ STANISLAS MEUNIER	*Pour le Bonheur*..	1 vol.
GABRIEL MOUREY.. .	*L'Œuvre nuptial*	1 vol.
G. DE PEYREBRUNE . .	*Les Fiancées*.	1 vol.
FRÉDÉRIC PLESSIS . .	*Angèle de Blindes*.	1 vol.
ALFRED POIZAT . . .	*Avila des Saints*.	1 vol.
MARCEL PRÉVOST . .	*Le Jardin secret*.	1 vol.
— —	*Dernières Lettres de Femmes*. . . .	1 vol.
SULLY PRUDHOMME .	*Que sais-je?*.	1 vol.
REMY Sᵗ-MAURICE . .	*Tartufette*.	1 vol.
ROBERT SCHEFFER . .	*Le Prince Narcisse*.	1 vol.
MARY SUMMER. . . .	*Le Roman d'un Académicien*. . . .	1 vol.
ANDRÉ THEURIET . .	*Boisfleury*.	1 vol.
CAMILLE VERGNIOL. .	*L'Enlisement*.	1 vol.
VIGNÉ D'OCTON. . . .	*Cœur de Savant*.	1 vol.

Paris. — Imp. A. LEMERRE, 6, rue des Bergers. — 4. 2872.

www.ingramcontent.com/pod-product-compliance
Lightning Source LLC
Chambersburg PA
CBHW070211030726
47505CB00006B/1645